SOLAMENTE SUYA

ANN MAJOR

HARLEQUIN™

Editado por HARLEQUIN IBÉRICA, S.A.
Núñez de Balboa, 56
28001 Madrid

Solamente suya, n.º 1957 - 8.1.14
Título original: His for the Taking
Publicada originalmente por Harlequin Enterprises, Ltd.

I.S.B.N.: 978-84-687-3964-9
Depósito legal: M-30263-2013
Editor responsable: Luis Pugni
Fotomecánica: M.T. Color & Diseño, S.L. Las Rozas (Madrid)
Impresión en Black print CPI (Barcelona)
Fecha impresion para Argentina: 7.7.14
Distribuidor exclusivo para España: LOGISTA
Distribuidor para México: CODIPLYRSA
Distribuidores para Argentina: interior, BERTRAN, S.A.C. Vélez Sársfield, 1950. Cap. Fed./ Buenos Aires y Gran Buenos Aires, VACCARO SÁNCHEZ y Cía, S.A.

Capítulo Uno

Lo último que pensaba hacer al despertarse con el olor a petróleo y el rugido del pozo era buscar a Maddie Grey.

Pegándose el teléfono a la oreja, Cole, como todos le llamaban en Yella, un pueblo de Texas, se reclinó en la silla de la oficina y se masajeó la sien.

–¿Cómo que Maddie ha vuelto a Texas y está cuidando a la señorita Jennie?

La señorita Jennie había sido su profesora de inglés en secundaria.

Cole trató de mostrarse suave y carente de interés al hablar con Adam, su hermanastro mayor, pero distaba mucho de estar tranquilo.

Durante su matrimonio con Lizzie, que había acabado al morir ella casi un año antes, le asustaba pensar que su novia de la adolescencia volviera al pueblo, porque temía su reacción al volver a verla. Pero se había quedado viudo y había estado pensando en Maddie y en ir a Austin a hacerle una visita. Hasta entonces había conseguido no llevarlo a cabo.

Había que ser idiota para tener una aventura secreta en la adolescencia con la chica mala del pueblo y no ser capaz de superarlo, después de que ella lo hubiera tratado como a un perro.

Habían pasado seis años, pero seguía recordando el rostro de Maddie, sus labios en forma de corazón, sus ojos de color violeta, su pelo negro como el ébano y sus grandes pechos. ¿Por qué no podía olvidar su radiante rostro debajo de él? Porque era más que hermosa: era inteligente y tenía talento, sobre todo con los caballos difíciles.

Pero tenía malos genes. Su madre había robado maridos y padres; en realidad, se había entregado a cualquier hombre que quisiera poseerla. Y, al final, su propia hija le había acabado robando el novio y marchándose con él, después de abandonar a Cole.

–La señorita Jennie se ha roto la pelvis al caerse en el jardín –dijo Adam interrumpiendo los pensamientos de Cole–. Maddie está aquí para cuidarla hasta que su sobrina, que vive en Canadá, pueda venir. En el pueblo, todos hablan de Maddie y de lo bien educada que se ha vuelto. Hasta ha hecho una carrera. Está tan guapa, Cole, que te quedas sin aliento al mirarla.

–¿La has visto?

Adam no se había mudado a Yella hasta después de morir su padre, lo que había ocurrido poco después de que Maddie se marchara, por lo que Adam no la había conocido cuando estaba con Cole.

–Lo primero que he hecho esta mañana ha sido pasarme por casa de la señorita Jennie para hacerle una visita. Todo el pueblo lo está haciendo. Para asegurarnos de que está bien cuidada. Y Maddie está preciosa. Es toda curvas. Tiene una voz suave y la más dulce de las sonrisas.

–Basta. No vayas allí solo para ver a Maddie, ¿me oyes? –le espetó, molesto–. Apártate de ella. No me importa que haya pulido sus modales, no es una buena persona.

–¿Qué mosca te ha picado esta mañana?

–Son los problemas del pozo de los que ya te he hablado. Y ahora me distraes con chismes sobre Maddie.

–Es la presidenta interina de una ONG de Austin que se llama La Casa de mi Hermana. Está muy preocupada porque tiene la fiesta para recaudar fondos dentro de dos semanas. Parece que trata de hacer el bien, ¿no?

–Es pura fachada.

–Pues me cae bien. Y tiene un hijo pequeño, de seis años, que se llama Noah y al que ha dejado en un campamento en Austin. La señorita Jennie tiene muchas fotos de él. Es muy guapo, con el pelo negro y los ojos verdes. Me recuerda a alguien. En resumen, Maddie no me parece mala. No es como su madre.

Lo que le faltaba a Cole era que alabaran a Maddie, o a su hijo. Y, sobre todo, que lo hiciera su hermanastro, que lo solía culpar de los errores de su padre. Así que le dijo que era estúpido por creerse lo que Maddie Grey dijera y puso fin a la llamada.

Así que Maddie había vuelto y había deslumbrado al pueblo entero, incluyendo a Adam. Y tenía un hijo. ¿Quién era el padre? ¿Vernon? Cole siempre había tomado precauciones, por lo que sabía que el niño no era suyo.

Miró por la ventana. Levantó las piernas, enfundadas en unos vaqueros, y puso los pies, calzados con botas vaqueras, en el escritorio. A pesar de lo temprano que era, el sol ya brillaba sobre el desolado paisaje de Texas. Gracias al aire acondicionado, en la caravana en la que se hallaba había una temperatura gélida. Era lo único que a Cole le gustaba de vivir durante semanas en el lugar donde se perforaba. Pero ni siquiera el aire helado consiguió hacerle olvidar los recuerdos de Maddie.

Se acordaba perfectamente de la primera vez que había hablado con ella, que era más joven y pobre que él y no se movía en su círculo social.

Era viernes, y él había vuelto a casa de la Universidad de Texas y había ido a buscar a su novia, Lizzie Collier, al rancho de su padre.

Cuando Cole entró en los establos y llamó a gritos a Lizzie, uno de los caballos, Wild Thing, se volvió loco y comenzó a relinchar y a cocear. Cole creía que el animal era muy peligroso, pero Lizzie tenía un gran corazón, y, al enterarse de que el dueño del caballo lo mataba de hambre y lo maltrataba, convenció a su padre de que lo comprara. El padre había contratado a más de una docena de hombres que susurraban a los caballos para salvar al animal. Todos fracasaron, por lo que decidió sacrificarlo. Pero Lizzie se negó en redondo.

Cole oyó una voz melodiosa que procedía de donde se hallaba Wild Thing. Creyendo que Lizzie estaba atrapada, corrió hacia la cuadra.

–¿Lizzie?

–Shhh.

Como Cole no veía con claridad debido a las sombras, pensó que la delgada figura con vaqueros y gorra de béisbol era el mozo de cuadra que trabajaba para el padre de Lizzie.

–¡Sal de la cuadra, chico! –le ordenó.

El caballo volvió a patear la puerta de la cuadra haciendo saltar astillas.

El chico saltó hacia atrás y se pegó a la pared.

–¿Quieres matarme? –en la confusión, la gorra se le había caído, y una lustrosa melena negra le cayó por los hombros. Y por los senos.

–¿Maddie Grey?

¿Qué hombre no hubiera reconocido sus maravillosos y exóticos rasgos: la piel blanca, la boca voluptuosa y los ojos de color violeta? Era clavada a su madre, Jesse Ray Grey, la prostituta más famosa del pueblo.

Cole le miró los grandes senos, que subían y bajaban tras la camisa de trabajo. Había engordado desde la última vez que la había visto. Probablemente ya hubiera aprendido los trucos de su madre.

–Eres Maddie Grey –repitió, al tiempo que notaba que le desagradaba por haberlo excitado

–¿Y qué si lo soy? –ella apretó la hermosa boca en actitud desafiante.

El caballo puso los ojos en blanco y relinchó.

–Baja la voz y retrocede –le ordenó ella.

Al menos no era boba, pues se daba cuenta de la locura de estar encerrada en un espacio tan reducido con aquel monstruo.

–Te he dicho que retrocedas. ¿No te das cuenta de que lo estás asustando?

Comenzó a hablar al caballo en dulces murmullos que Cole hubiera envidiado de no haber estado tan furioso con ella por culparlo de su propia estupidez.

–No te preocupes, nadie va a hacerte daño.

Una oreja gris se alzó, aunque la otra continuó agachada al tiempo que el animal miraba a Cole con recelo.

–Tienes que irte.

–No lo haré hasta que no salgas de la cuadra.

–Lo haré, pedazo de idiota, en cuanto te calles y te vayas –le espetó ella en voz baja.

Sus ojos implorantes lo convencieron. Salió, y, un par de minutos después, el caballo se calmó. Al oír los leves pasos de Maddie dirigiéndose a la puerta trasera de los establos para evitarlo, Cole fue corriendo hasta ella. Al verlo, ella dio un grito de alarma.

Él la agarró por los brazos y la empujó contra la pared.

–No tienes derecho a estar en esta propiedad ni en la cuadra de ese monstruo –le gritó–. Me has dado un susto de muerte.

–Estaba haciendo mi trabajo.

–¿Tu trabajo?

–Para que lo sepas, Liam Rodgers me ha contratado.

Liam, el capataz del padre de Lizzie, no era tonto.

–¿Por qué a ti cuando puede contratar a los mejores?

Ella frunció el ceño.

–Tal vez porque sé lo que hago. Mientras has estado en la universidad conduciendo coches caros y persiguiendo a las chicas, he estado limpiando cuadras a cambio de clases de equitación. Y he aprendido mucho. Cuando Liam vio que Wild Thing se quedaba quiero y me dejaba ponerle la silla, estuvo a punto de desmayarse. Cuando lo monté sin ninguna dificultad, me contrató.

–No puedes saber lo suficiente para trabajar con ese monstruo.

–He hecho lo que no han podido hacer doce hombres.

–Has tenido suerte. Ahora, escúchame. Un caballo normal pesa media tonelada y tiene el cerebro del tamaño de un tomate. Está genéticamente programado para defenderse de los depredadores, entre ellos lo seres humanos y las chicas insignificantes como tú.

–Todo eso ya lo sé.

–Ese animal está loco. No te acerques a él ni en el corral, ni en la cuadra ni en ningún sitio.

Ella entrecerró los ojos en actitud rebelde.

Su mirada aumentó la furia de Cole.

–¿No lo entiendes? ¡La próxima vez te matará!

–¡No lo hará si te mantienes alejado de las cuadras y me dejas hacer mi trabajo!

–¡Vaya! Así que tengo yo la culpa. Estoy tentado de ir a contárselo al señor Collier.

–¡No! Si no consigo salvar al caballo, el señor Collier lo sacrificará

–Muy bien.

–No, por favor. El animal está mejor. Se sigue sobresaltando con facilidad, pero mejorará. Necesita tiempo y paciencia. Ha sufrido mucho.

–Es un asesino.

–No hay muchos seres vivos que comiencen su vida de la manera fácil y consentida en que tú lo has hecho. Por eso no entiendes por lo que tenemos que pasar todos los demás. Sé que no te importa lo que yo piense, pero Lizzie quiere a ese caballo. Déjalo vivir, por ella.

La chica era apasionada y compasiva... y preciosa, a pesar de los vaqueros rotos y la camisa descolorida.

Y sus malditos ojos... Esos ojos, unido a que llevaba un rato muy cerca de ella en un establo oscuro, lo habían excitado hasta endurecer su masculinidad. Consciente de su cuerpo delgado y suave, que se apretaba contra el suyo, ni siquiera intentó defenderse del deseo que sus curvas le producían.

Sería fácil poseerla allí mismo.

Sintió un repentino deseo de besarla y de introducirle la lengua para saborearla. ¿Abriría ella la boca y le dejaría hacerlo?

Tal vez ella sintiera lo mismo.

–¿Qué? –Maddie se había quedado quieta y no dejaba de mirarlo a la cara–. Suéltame.

–No quieres que lo haga –dijo él con voz ronca.

Su mirada, llena de deseo, descendió desde su

cara. Tenía los pechos suaves y exuberantes. Cole no se conformaría con un beso. Quería mucho más. Y como ella era la hija de Jesse Ray, probablemente también lo deseara.

Se sintió justificado para poner a prueba a una chica fácil. La agarró por los hombros y la atrajo hacia sí. Antes de que ella pudiera reaccionar, la besó con fuerza y exigencia porque esperaba que se aviniera fácilmente a sus deseos. Y, durante unos instantes, ella respondió tan favorablemente como se había imaginado, suspirando y aferrándose a él. Separó los labios y él sintió su lengua, pero solo unos segundos. Entonces, se puso rígida. Retrocedió, cerró los puños y comenzó a golpearle el pecho.

Como él no la soltó inmediatamente, se puso roja de ira.

–¡A Lizzie no la tratarías así! ¡No intentarías poseerla en un establo como si fuera una chica fácil, sin siquiera haber hablado con ella!

–No eres Lizzie Collier, sino la hija de Jesse Ray.

–¿Y eso hace que no tenga sentimientos como tú y los de tu clase? ¡Pues los tengo! Y no soy como mi madre, ¿me oyes? Así que ve a buscar a tu querida y santa Lizzie y déjame en paz. Es ella tu novia, no yo. Y no querría serlo.

Eso último era mentira, como le indicaban a Cole las lágrimas de vergüenza y desolación y el dolor en la voz de Maddie. Ella lo deseaba, pero en términos de igualdad. Su orgullo y su deseo de él lo conmovieron y multiplicaron por mil el deseo de poseerla.

No se había equivocado. Ella lo deseaba, pero la hija de Jesse Ray se respetaba a sí misma tanto como Lizzie.

Maddie lanzó un grito, se libró de él y salió corriendo del establo. Mientras Cole la veía marchar, se quedó asombrado ante su belleza y su gracia. La deseaba mucho más de lo que nunca había deseado a Lizzie. Se sintió avergonzado, ya que era la hija de Jesse Ray.

Las semanas posteriores trató de borrarla de su mente, pero soñaba con ella y con que le hacía el amor.

Sus amigos comenzaron a contarle historias sobre ella, que él escuchaba con avidez: que Maddie echaba carreras a los chicos en los prados de fuera del pueblo; que siempre conseguía montar a Wild Thing, que lo había domado, que lo montaba a pelo y que, juntos, saltaban lo que fuera, que, un día, después de clase, Lyle, un amigo de Cole, estaba fumando en su descapotable cuando Wild Thing y ella le saltaron por encima.

–Ese caballo loco me pasó tan cerca de la cabeza que se me cayó el cigarrillo en la bragueta y quemé mis mejores vaqueros –se quejó Lyle.

Tales historias impresionaban a Lizzie, pero a Cole le demostraban que Maddie era estúpida, pero también obstinada, valiente y resuelta. Aunque los mayores del pueblo no cambiaran de opinión sobre ella a causa de su madre, los más jóvenes comenzaban a pensar que no era tan mala como les habían dicho. En la escuela, era lista, y la señorita

Jennie, que no era fácil de contentar, la consideraba tan buena como los demás.

Pero Cole sabía que su madre no aprobaría que Maddie fuese su novia. Como su madre había pasado a formar parte de la familia Coleman gracias a su matrimonio, creía que sus hijos debían conservar la posición social. Sin embargo, a Cole lo consumía la fascinación que sentía por Maddie. Por eso, para verla, pronto comenzó a volver a casa desde la universidad todos los fines de semana.

Iba al establo a verla adiestrar los caballos de Lizzie, sobre todo Wild Thing, que se comportaba como una dócil mascota para complacerla. Cuando Cole reconoció que se había equivocado con su capacidad de adiestramiento, ella aceptó sus elogios. También fue muy dulce cuando él se disculpó por haberla besado.

Cole rompió con Lizzie y comenzó a cortejar a Maddie, pero en secreto.

Decidió que las habladurías que circulaban sobre ella eran falsas. Aunque se parecía físicamente a su madre, su carácter era muy distinto.

Pero Maddie dejó a Cole por Vernon Turner y se fue del pueblo, lo que le demostró a Cole que la había juzgado mal: era tan irresponsable y promiscua como su madre.

Entonces, ¿por qué no podía olvidarla? ¿Por qué se le aceleraba el corazón ante la posibilidad de volver a verla?

Cole tenía mil cosas que hacer en pozo, por lo que no tenía tiempo de ir a Yella. De todos modos, agarró la chaqueta, el sombrero, el móvil y las llaves de la camioneta y salió de la caravana.

Llamó a gritos a Juan y le dijo que había un problema en el rancho de su familia, por lo que debía marcharse, pero que volvería pronto.

Se montó en la camioneta y se dirigió a Yella. Condujo como un loco al tiempo que se maldecía por estar tan entusiasmado por ver a Maddie. Le había arruinado la vida, o al menos varios años de ella, y también había hecho daño a Lizzie.

Lizzie lo quería con toda su alma, pero como él no podía dejar de pensar en Maddie, no había podido quererla como se merecía. O al menos nunca la había deseado como a Maddie.

Incluso las últimas palabras de Lizzie antes de morir habían sido sobre ella.

Pero tenia que volver a verla. No entendía la forma en que lo había dejado, seis años antes, sin siquiera despedirse.

Tenía que saber cómo era posible que hubiera sido tan amable y sensata durante su romance veraniego, que lo hubiera amado con tanta dulzura la última tarde en que estuvieron juntos y que, después, hubiera huido con Vernon Turner.

¿Era Maddie la chica mala que la madre de Cole, y todo el pueblo, decían que era, o la chica buena y sincera de la que se había enamorado?

Capítulo Dos

Maddie estaba nerviosa por haber vuelto a Yella, y se puso aún más al ir detrás del perro de la señorita Jennie, que había entrado en el terreno boscoso propiedad de Cole. ¿Y si Adam se equivocaba y Cole volvía a la ciudad antes de lo esperado?

Temía volver a verlo, lo que era ridículo. ¿Por qué le seguían doliendo, al cabo de seis años, su rechazo y su desprecio, cuando se había repetido miles de veces que el pasado no importaba?

No había vuelto antes a Yella porque le traía demasiados recuerdos, buenos y malos. Llevaba años centrándose en el futuro, y raras veces recordaba el pasado. Volver le había supuesto inscribir a Noah en un campamento de verano. Lo echaba de menos, pero no quería que la gente del pueblo lo juzgara por su culpa, o que se diera cuenta de lo mucho que se parecía a Cole y atara cabos.

Había vuelto porque le debía a la señorita Jennie todo lo bueno que le había sucedido en la vida.

El sol caía a plomo, el calor era intenso, y solo era mediodía. La camiseta y los vaqueros se le habían pegado a la piel sudada.

De todos modos, a pesar del calor y la humedad, le encantaban los olores y los sonidos del bosque,

que le recordaban su adolescencia, cuando cabalgaba por allí. Sobre todo recordaba cuando cabalgaba con Cole.

Más le valía preocuparse por la fiesta para recaudar fondos para la ONG. Aunque temía la llegada del evento anual y el estrés de tener que tratar con donantes ricos, prefería pensar en eso que en Cole. Este la había rechazado y había hecho que se sintiera indigna. ¿Por qué no lo olvidaba? Incluso cuando, la primavera anterior, Greg había aparecido en su vida, Greg, que no conocía sus secretos, que la aceptaba tal como era y que quería casarse con ella, Maddie había seguido obsesionada con Cole, que nunca la había considerado su igual.

Cuando, seis años antes, había huido del pueblo, estaba tan traumatizada que no pensó que fuera a volver. En Austin había tratado de mejorar como persona, de olvidar a la madre que no la había querido, la triste caravana en Yella donde se había criado, la terrible noche que la había obligado a huir. Se había esforzado, sobre todo, en ser mejor madre para Noah de lo que lo había sido su madre con ella.

Ser madre soltera, trabajar e ir a la universidad no había sido fácil, cuando, además, tenía que luchar contra el miedo de ser lo que la gente de Yella creía: una mala persona.

Entonces, cinco días antes, cuando estaba a punto de fijar la fecha de la boda, la señorita Jennie la había llamado desde el hospital para decirle que se había caído. La señorita era la única persona del pueblo que había creído en ella, la que había estado a su lado cuando estaba aterrorizada y desesperada. Así que, cuando le había pedido que fuera unos días hasta que llegara su sobrina de Canadá, Maddie había accedido.

Aunque sus vecinos se habían ofrecido a cuidarla, ella había dejado claro que prefería que fuera Maddie.

Oyó al perro delante de ella, y cuando estaba a punto de llamarlo, Cinnamon comenzó a ladrar. Se dio cuenta de que el animal se había dirigido a la poza del río Guadalupe, donde Cole y ella se veían en secreto, donde habían hecho el amor innumerables veces. Era uno de los sitios que más hubiera querido evitar.

Allí recordaría a Cole y su breve relación. Entonces, ella era muy joven y estaba enamorada. Y estaba segura de que él la quería y de que la querría eternamente, y que el amor que él le profesaba, cuando saliera a la luz, cambiaría la opinión de la gente sobre ella y podría obtener la respetabilidad que tanto había deseado.

Fue preciso que se produjera una crisis para darse cuenta de lo que era realmente Cole: el típico chico lujurioso en busca de emociones con la chica mala del pueblo, un chico que no la respetaba y en quien no podía confiar su salvación. Tendría que salvarse por sí misma.

Maddie había tenido seis años para enfrentarse a los traumas del pasado. Se había convertido en una mujer que sabía que la vida no era un cuento de hadas y que tenía que superar el daño que su madre y Cole le habían hecho.

No quería verlo de nuevo y que se le volvieran a abrir las heridas. Con un poco de suerte, Cole se quedaría en el yacimiento petrolífero mientras ella estaba con la señorita Jennie.

Tal vez pudiera salir de Yella ilesa.

Dos horas después de marcharse de la zona de perforación, Cole aparcó frente a la casa de la señorita Jennie, que tocaba con una esquina de su rancho. La casa estaba en mal estado, aunque no fue en eso en lo que pensó al bajarse de la camioneta y encaminarse hacia ella.

Se sorprendió de que el idiota del perro de la señorita no saliera a su encuentro ladrando. Cuando cabalgaba por esa zona del rancho, solía encontrárselo. En verano, a Cinnamon le encantaba tumbarse a la sombra en la orilla del río, al lado de la poza que había sido el lugar de encuentro secreto de Maddie y él.

No podía dejar de pensar en ella.

Llamó a la puerta con impaciencia, pero no le abrió Maddie, sino Bessie Mueller, la vecina de la señorita.

–Tu madre ha dicho a todo el mundo que no vendrías hasta mañana, así que, ¿qué haces aquí plantado con tus polvorientas botas?

–Tengo que solucionar un asunto del rancho –mintió él–. ¿Cómo está la señorita Jennie?

–Bien. Ahora está descansando. Ha tenido mucha compañía esta mañana, toda masculina. Está agotada.

–¿Y Maddie Grey?

Bessie sonrió con malicia.

–¿Así que es a ella a quien has venido a ver, como todos los hombres del pueblo? –el brillo cómplice de sus ojos puso furioso a Cole–. Pues está buscando a Cinnamon. Por eso estoy yo aquí. Le dije que era inútil salir a buscar a ese chucho. Cuando no se dedica a ladrar como un poseso, persigue a mis pollos o escarba entre mis flores. Siempre acaba volviendo a casa, pero cuando le apetece.

–Dígale a la señorita que me pasaré después.

Si Maddie había salido a buscar a Cinnamon, sabía dónde encontrarla.

Cuando Cole dio un suave tirón de las riendas, Raider resopló, levantó la cabeza y se detuvo cerca del arroyo que desembocaba en el río, donde había tal profusión de árboles añosos que el bosque era prácticamente impenetrable.

–Tienes que quedarte aquí –dijo Cole al animal– porque es difícil seguir adelante.

Cole había ensillado su caballo y había salido a buscar a Maddie.

Desmontó, ató las riendas a un tronco caído y dejó al caballo pastando a la sombra. Después, mientras se dirigía entre hierbas y arbustos al río, comenzó a recordar.

Maddie y él habían recorrido juntos aquellos senderos. Cuando desmontaban de los caballos, solían jugar al escondite. Y cómo le gustaba atraparla y ponerse encima de su delgado cuerpo. Ella le sonreía, sofocada y excitada.

Después de que ella se hubiera marchado, Cole había puesto carteles prohibiendo el paso y bañarse en el río.

Al oír los ladridos del perro, se le aceleró el corazón. Y al reconocer la voz grave y aterciopelada de Maddie, se quedó petrificado.

–No debiéramos estar aquí. Estamos en terreno privado, pero a ti te da igual –dijo Maddie al animal.

Cole avanzó lentamente hasta distinguirla entre los árboles.

Estaba sentada a la orilla del río con las piernas colgando. Solo llevaba puesto un tanga. Su exótico rostro seguía siendo muy hermoso. Aunque Cole no se detuvo en él. Se quedó sin respiración al observar sus senos desnudos, su estrecha cintura y sus largas piernas.

Tragó saliva mientras el corazón le golpeaba en el pecho. Podía dar la vuelta y marcharse, pero…

Ella metió la camiseta en el agua y se la escurrió por la garganta y los senos.

–Nada como el agua helada cuando hace calor –dijo mientras volvía a introducir la camiseta en el agua–. Estaba sudando.

El perro jadeaba. Cole también sudaba, pero no a causa del calor.

Contempló a Maddie hechizado. Su sexo, caliente y duro, se hinchaba contra la tela de lo vaqueros.

Cole la maldijo por ser tan hermosa y tan sexy. También parecía dulce, siempre lo había parecido, la esencia de la femineidad.

Pero las apariencias podían engañar.

Lo asaltó el recuerdo de la primera vez que habían hecho el amor. Ella estaba sofocada y desnuda, le susurró que lo quería y le rogó que la hiciera suya.

Él la besó en la garganta y le acarició el pelo.

–¿Estás segura?

–Pase lo que pase, quiero que seas tú el primero.

Resuelto a no hacerle daño, había actuado con suavidad y paciencia, aunque tenía las hormonas desatadas. Hasta le dijo que la quería, y era sincero.

¿Cómo olvidar lo tensa que se había puesto y que había contenido la respiración tanto tiempo, después de que él la hubiera penetrado, que lo había asustado?

–¿Estás bien? –le había susurrado él.

–Mejor que bien.

Cuando ella apretó la boca contra su garganta, él se endureció en su interior instantáneamente.

–Me gustas desde hace años, pero no creí que alguien como yo pudiera importarte.

–Pues me importas.

–A veces me pellizco para saber que no estoy soñando.

Resuelto a librarse de los recuerdos agridulces y a recuperar el control, contó lentamente hacia atrás de cien a cero, pero mucho antes de acabar lo asaltaron nuevos recuerdos, a cual más dulce. Y no pudo seguir contando, ni pensar, ni hacer nada.

Quería volver a acariciar la piel cálida y aterciopelada de Maddie, volver a saborear sus dulces labios. Tal vez cuando se hubiera saciado, volviera a comportarse racionalmente y a recordar lo mal que lo había tratado.

Ella se metió en el agua gritando por lo fría que estaba y comenzó a nadar.

En lugar de hacer caso a la voz de la razón que le decía que no jugara con fuego, él se acercó a la orilla y miró cómo nadaba, deseando que se volviera y lo viera.

Cuando lo hizo, Maddie palideció del susto.

–¡Cole! ¿Qué haces aquí?

Su mirada de alarma lo hirió en lo más hondo.

–Me han dicho que estabas buscando a Cinnamon en mis tierras, así que he venido a buscarte.

Sin decir nada, ella se sumergió y nadó lo más lejos posible de él. Cuando salió a la superficie, se cubrió los senos con las manos y trepó a la roca más cercana, ocultándose detrás de ella.

–No era mi intención molestarte –dijo ella al tiempo que se ruborizaba–. Si hubiera sabido que estabas en el pueblo, no habría venido. Tu hermano Adam me dijo que tardarías en volver.

–¿No has visto las señales de prohibido nadar? Hace dos años, un niño estuvo a punto de ahogarse, tras una riada. Cinnamon no se merece que arriesgues tu bonito cuello nadando aquí sola.

–Muy bien. Si te marchas, me vestiré y me iré.

–No quiero que te vistas ni que te vayas.

Ella lo miró aterrada.

–No empieces, por favor –susurró.

A Cole, la vergüenza y el miedo que había en sus ojos le partieron el corazón Recordó lo tímida que era en cuestiones sexuales, sobre todo al principio. Pero nunca había sido tan asustadiza.

–Me han dicho que tienes un hijo pequeño.

Los ojos de ella se abrieron aún más a causa del miedo.

–Lo que quiero decir es que, puesto que eres madre, no debieras correr riesgos innecesarios, como nadar aquí sola.

–Mi hijo no es asunto tuyo. Me lo dejaste muy claro.

–¿Cuándo hemos hablado de tu hijo?

–¿Qué? Tienes razón. He visto las señales. No debería haberme metido en el agua sin un acompañante. Como te he dicho, si te vas, me vestiré y me marcharé –había empezado a tiritar.

–Ahora puedes nadar todo lo que quieras, ya que estoy aquí para vigilarte.

–No quiero que me vigiles –le castañeteaban los dientes.

–Muy bien –la miró con insolencia.

–Cole, me estoy helando. Si no quieres irte, ¿puedes, por favor darte la vuelta para que me vista?

–De acuerdo –se dio la vuelta de mala gana.

Ella vaciló, porque no se fiaba de él. Unos segundos después, Cole oyó el sonido de sus pies corriendo por la hierba para recoger la ropa. La oyó maldecir en voz baja y se volvió, lo que le permitió volver a contemplar sus senos y sus muslos. Contuvo la respiración al verla esforzándose por introducir los brazos en las mangas de la camiseta mojada. Después se puso los vaqueros, y fue entonces cuando ella alzó la vista y vio que la miraba.

–Has hecho trampa.

–Lo siento.

–Supongo que no debería extrañarme, ya que siempre creerás que soy una mujer que no merece que la respeten –se inclinó y le puso la correa a Cinnamon.

–Maldita sea –mascculló Cole sintiéndose culpable y enfadado a la vez.

Era injusto que ella se atreviera a recriminarle, cuando lo había abandonado por Turner.

–No te preocupes. No volveré a pisar tus tierras.

–Puedes nadar aquí cuando quieras –replicó él con frialdad–. Pero preferiría que trajeras a un amigo la próxima vez.

–¿A quién? Salvo a la señorita Jennie, al resto del pueblo no le caemos bien ni mi madre ni yo. Recuerda que nunca he tenido un verdadero amigo aquí.

—Me han dicho que esta mañana han pasado a ver a la señorita ocho hombres.

–Para que lo sepas, nunca he sido lo que creías que era ni lo que esos hombres piensan que soy. He tardado mucho en creer en mí misma después del modo en que me tratasteis la gente del pueblo y tú.

–¿En serio? Me sorprende. Para ser alguien tan

sensible y romántico, te acostaste conmigo y después te largaste con Turner sin siquiera despedirte.

Ella se puso pálida y comenzó a temblar.

–Cree lo que quieras de mí –susurró.

–Dime por qué te fuiste con él. Me debes una explicación.

–Pensé que te la debía y, por eso, te llamé por teléfono antes de marcharme, ¿te acuerdas?

–¡De eso nada! Me llamaste año y medio después, cuando ya estaba casado con Lizzie.

–¡No! Te llamé la noche en que me fui. Pero fue tu madre la que contestó, y me dijo exactamente lo que le habías dicho que me dijera, que no querías a alguien de mi clase en tu vida. Así que, perdona por no haberte llamado otra vez. Tenía muchas cosas en que pensar. Pero mis problemas de entonces no son asunto tuyo.

–¿Hablaste con mi madre esa noche? No me lo creo.

–Me da igual lo que creas. Y cuando te llamé año y medio después, me dijiste que no querías volver a hablar conmigo. Y me colgaste. Al menos tu madre tuvo la decencia de no hacerlo.

Su madre tenía una concepción muy rígida del orden social, y le hubiera arrancado a su hijo la piel a tiras si se hubiera enterado de que tenía algo que ver con la hija de Jesse Ray.

–Lo cierto es que esperaste un año y medio para llamarme. Y ya era tarde.

–Dejémoslo estar. Te casaste con una chica respetable. Y yo seguí adelante.

–Eso me dije, que había que dejarlo estar, y lo hice mientras Lizzie vivió. Pero ahora ella ya no está, y tú sí, y quiero saber por qué me dejaste por Vernon sin ninguna explicación. Solo sé lo que dijo tu madre: que huiste con Vernon para herirla.

Ella palideció. Las manos comenzaron a temblarle. ¿De qué tenía tanto miedo?

Pero apretó los labios como si hubiera hallado en su interior la fuerza de hacerle frente.

–Estaba fuera de mí cuando me marché. Después de hablar con tu madre, creí que te sentirías aliviado al librarte de mí.

¿Aliviado? Pensó que iba a morirse.

–Debí haber sentido alivio. Cualquiera en su sano juicio lo hubiera hecho. Eras hija de tu madre.

–Mira, tuviste suerte de escapar de mis garras.

Ese comentario lo sacó de sus casillas.

–Pues no me sentí aliviado, sino que estuve muerto de preocupación por ti.

–¿De verdad? –lo miró, confusa.

–No dejaba de pensar en ti. Todas las noches venía aquí y me preguntaba cómo habías podido desaparecer sin más. Te echaba de menos y quería saber que estabas bien, aunque fuera con Turner.

–¿Intentaste buscarme?

–Quise hacerlo, pero mi padre enfermó una semana después de tu marcha y me vi obligado a hacerme cargo del negocio familiar. En su lecho de muerte confesó que tenía otro hijo, Adam. Mi madre se negó a aceptarlo. Ya ves que yo también tuve muchos problemas.

–Siento lo de tu padre, no lo sabía. Al marcharme, estaba enfadada y avergonzada después del rechazo de tu madre. Tardé un tiempo en recuperarme. Y cuando volví a llamarte, no quisiste hablar conmigo.

Porque temía que si le hablaba se vendría abajo; porque trataba de ser fiel a Lizzie.

–No sé por qué remueves todo esto ahora, Cole.

Porque hacía un año que Lizzie había muerto, y se sentía libre, y porque Maddie estaba allí, más hermosa y vulnerable que nunca. Sabía que su reacción no era lógica. Pero su relación con Maddie no había terminado. Y volver a verla lo convenció de ello.

–¿Qué había en las cartas que me escribiste después de que me negara a hablar contigo? –las había metido en un cajón sin abrirlas.

–¿No las leíste?

–No, por la misma razón que me negué a hablarte: por Lizzie. Me hubiera parecido que la engañaba si algo de lo que me decías en ellas me hubiera tentado. Cuando murió no las leí por lealtad a ella.

–Lo que había en esas cartas ya no importa. No te debo nada, ni tú a mí.

–Empiezo a creer que son la pieza de un rompecabezas que he de resolver.

–No, el pasado ya no importa –a Maddie le tembló la voz–. Yo no era nada para ti.

–¿Cómo puedes decir eso y actuar como si te hubiera tratado mal cuando fuiste tú la que se marchó?

–Deberías estarme agradecido, ya que te dejé libre para que te casaras con tu querida Lizzie.

–¿Qué decías en las cartas?

–Nada que ya importe.

–Creo que ya es hora de que las lea.

–¿Todavía las tienes?

–Las metí en un cajón del escritorio de mi despacho. Deberían estar allí, si Lizzie las volvió a poner en su sitio.

–¿Lizzie?

–En su lecho de muerte me confesó que se las había encontrado mientras limpiaba, las había abierto con vapor y las había leído. Me hizo prometerle que las leería cuando hubiera muerto. Y me pidió disculpas por no habérmelo dicho antes, pero estaba celosa y tenía miedo de perderme. Por respeto a ella no las leí.

–Me marcho –dijo ella con la vista clavada en Cinnamon.

–Aún no he terminado. Le dije a Lizzie que las cartas no importaban, porque me había casado con ella, y que había sido una esposa maravillosa.

–Tuviste suerte –afirmó Maddie con tristeza–. Y yo espero tenerla algún día. Ella siempre te quiso.

–Sí.

A Lizzie, Cole le había partido el corazón al seguir viendo a Maddie en secreto después de aquel primer beso en las cuadras. Y Maddie había vuelto, y seguía deseándola.

–Puede que esté bien que nos hayamos visto hoy para reconocer que el pasado está olvidado. Siento haberme marchado sin despedirme. Era joven e inmadura. Me alegro de que tu matrimonio fuera maravilloso y siento mucho la muerte de tu esposa. Te deseo lo mejor, Cole. Espero que seas feliz.

–Gracias.

–Encontrarás a otra mujer, y tal vez te recuerde a Lizzie. Tendréis hijos y formareis una familia.

Cole no quería recordar a Lizzie. Ambos habían sido desgraciados en su matrimonio, y él se había sentido muy solo.

–Adiós, Cole.

Al verla perderse entre los árboles, deseó abrazarla y besarla. Deseó tenerla desnuda debajo de él, con las piernas enlazadas en su cintura.

Se volvería loco si la perdía por segunda vez. Y ella, como mínimo, le debía algunas respuestas.

Capítulo Tres

El pasado, con todos sus secretos, debería estar muerto y enterrado. Pero Cole tenía las cartas y no las había leído. No sabía nada de Noah.

Cole no había rechazado a Noah, como ella creía. Durante años, todo lo que había creído sobre él había sido un error.

Le había hecho daño al abandonarlo. ¡Quién lo hubiera dicho! Jamás se le ocurrió que él pudiera sentirse tan desgarrado como ella al marcharse. Y no se le había ocurrido porque, entonces, carecía de autoestima.

De todos modos, había intentado hablar con él antes de irse. Había llamado a su casa sin importarle que su relación saliera a la luz. Las crueles palabras de su madre seguían grabadas en su corazón.

–¿De qué conoce a mi hijo, señorita Grey?

–Estamos saliendo desde este verano. Tengo que hablar con él.

–¿Que están saliendo? No la creo. Tal vez sienta atracción sexual por usted, pero, si la respetara, la hubiera traído a casa para que conociera a su familia. Mi hijo quiere a Lizzie. A John le importa usted lo mismo que a los hombres que se han acostado con su madre. Está muy por debajo de él. Se lo advierto, si no se aparta de él, mi esposo y yo haremos todo lo que esté en nuestra mano para acabar con usted.

–No será necesario. Ya lo han hecho.

No quería recordar. Daba igual que Cole no supiera lo que le había hecho Vernon ni supiera nada de Noah. Era tarde para que formara parte de la vida del niño, porque todo contacto con el padre de su hijo era peligroso para el bienestar de ella.

No podía compadecerse de Cole ni preocuparse por el joven al que había plantado seis años antes, ni por el hombre herido en que se había convertido, sobre todo cuando le asaltaba el miedo pensando en su hijo.

Su trabajo le había enseñado que la vida era frágil. Un paso en falso podía conducirla a la ruina. Por eso debía casarse con Greg, que tenía un buen empleo y una familia estable. Si se lo proponían, tendrían una vida respetable, algo que ella siempre había deseado.

Aunque no tuviera dinero, poseía carácter y determinación, y quería a su hijo con locura. Si seguía su plan, podría darle al niño la maravillosa niñez y el brillante futuro que ella no había tenido.

Pero si Cole se enteraba de que Noah era su hijo, probablemente no se libraría de su familia ni del pasado.

Aunque había madurado, haber visto a Cole la había sumergido en un torbellino de confusión en el que se mezclaban el dolor, la pérdida y la esperanza. No podía volver a creer en sueños.

Pero le daba pena que Noah no conociera a su padre, ni este a su hijo.

Se había pasado la vida entera tratando de demostrar que no era como su madre, pero no podía negar la excitación que le había producido volver a ver a Cole. Seguía deseándolo.

Pero tenía que sellar el pasado de una vez por todas. Si pudiera recuperar las cartas antes de que Cole las leyera... Pero ¿cómo?

De pronto oyó sus pesadas botas aplastando la maleza detrás de ella.

–¡Maddie! –gritó con su voz profunda de barítono, que hizo que la sangre de le bullera de un deseo tan intenso que la excitó y la aterrorizó a la vez.

Se volvió, y los ojos verdes de él atraparon los suyos. Ella se dijo que tenía que seguir andando, pero no pudo hacerlo ante la intensa mirada de Cole.

Conmovida tan profundamente que no pudo negar sus sentimientos, recordó todas las veces que lo había visto igual que en ese momento, antes de lanzarse a sus brazos en ese mismo bosque. Entonces confiaba plenamente en él, y él era suyo, al menos en secreto.

Recordó que él la levantaba en sus brazos y giraban juntos; que extendía una manta en la hierba, al lado del río, y que la desnudaba lentamente para hacerle el amor. Siempre había sido infinitamente tierno y paciente con ella.

Antes esos hermosos recuerdos, la sangre comenzó a golpearla en las sienes y experimentó un placer que nunca había experimentado con Greg.

No se había acostado con nadie desde que se marchó del pueblo. Era como si hubiera estado helada por dentro hasta esa tarde, con Cole.

¿Cómo podía seguir deseándolo cuando la devolvía al pasado y a la fealdad de su vida en Yella? ¿Por qué no sentía aquello por Greg? ¿Qué le sucedía?

–Siempre seré la hija de Jesse Ray.

–No me importa.

Él parecía debatirse en el mismo dilema que ella cuando la agarró de las muñecas y la abrazó.

–Te voy a mojar.

–Es una sensación agradable. ¿Qué mejor que una mujer mojada en un día caluroso?

Ella se sonrojó. Soltó la correa de Cinnamon y este salió corriendo, aunque a ella no le importó. ¿Cómo resistir el deseo ardiente que había en sus ojos, a pesar de la voz en su interior que le decía que fuera inteligente?

«Greg: matrimonio; estabilidad; futuro de Noah», pensó.

–Cole –le rogó ella–. Cinnamon va a escaparse.

Cole la abrazó con más fuerza, de modo que los pezones de ella se endurecieron al contacto con el pecho masculino.

–Sabe volver a casa.

Ella le miró la boca, sensual y bien dibujada.

Apoyó de mala gana la cabeza en su hombro y aspiró su masculino olor.

–Oh, Cole –susurró.

Él no necesitó más. La besó en el lóbulo de la oreja y suspiró.

–Hueles muy bien, como el bosque y el arroyo, como todo lo que más me gusta.

Ella cerró los ojos y trató de olvidarse de todo.

Le acarició el pelo y le pareció que estaba soñando. Era tan alto, tan fuerte y tan guapo… Por primera vez en años, todo parecía perfecto. ¿Había estado luchando por cosas equivocadas, cuando lo único que deseaba era a Cole?

«Es el enemigo, el hombre que os echó a Noah y a ti. No. Su padre murió justo después de marcharte, y él estaba tan triste y perdido que recurrió a Lizzie, y quiso serle fiel».

Cuando Cole le rozó los labios con los suyos, los sintió arder.

Cuando, en vez de resistirse, se aferró a él, los labios masculinos se volvieron duros y castigadores, y ella sintió fuego en su interior y se deleitó en sus salvajes caricias y en la dulzura de su boca mientras él exploraba la suya.

Él le agarró las nalgas y la apretó contra sí para que ella no dudara de lo excitado que se hallaba.

–Te deseo –le susurró en tono posesivo–. Y lo sabes. ¡Maldita sea! ¡Te sigo deseando! No he podido dejar de hacerlo aunque lo he intentado, ni siquiera cuando estaba casado –afirmó con furia.

–Yo también he tratado de olvidarte.

Ella le rodeó el cuello con las manos y le acarició el pelo, apretándose contra él.

El presente y el pasado se mezclaron. Ya no era una chica inexperta, lo deseaba como una mujer madura. No podía seguir negándolo.

Los seis años transcurridos y todos los esfuerzos que había hecho para convertirse en una persona nueva y respetable, en una joven que pudiera ser una esposa adecuada para un hombre como Greg, no eran nada comparados con el deseo primario que sentía por Cole.

Pero, ¿qué pensaba realmente él de ella? ¿Seguía viéndola como una mujerzuela, digna hija de su madre? ¿Era solo lujuria animal lo que sentía por ella?

Debido a sus dudas, se separó de él y retrocedió un paso. Él lanzó un gruñido, la agarró y la empujó contra el tronco de un roble. Comenzó a besarla en los labios, la garganta y los senos. A ella la inundó una oleada de deseo.

La ávida boca de Cole trazó un sendero entre sus senos y sus labios y le introdujo la lengua en la boca. Ella sintió que se derretía una vez más. La pasión borró sus dudas. Estaba encendida y deseosa de sus besos y caricias. Nadie la había besado así ni la había hecho sentirse de ese modo.

Al percibir su respuesta, Cole la besó con más intensidad y dulzura, y ella bebió de él y acarició su lengua con la suya, como si nunca fuera a saciarse. Y con cada beso aumentó su deseo devorador.

Él comenzó a murmurarle palabras de amor, tiernas y apasionadas. Ella sintió su erección presionándole el vientre.

Quería desnudarse y desnudarlo.

Pero cuando él le levantó la camiseta y trató de desabrocharle el sujetador, una ráfaga de viento frío y los ladridos de Cinnamon la hicieron tiritar, y le apartó las manos.

«Esto va demasiado deprisa», se dijo. «No eres lo bastante buena para él. Su madre te odia. Se casó con Lizzie. A pesar de lo que diga, os rechazó a Noah y a ti».

Cinnamon estaba a unos metros de distancia mirándola fijamente, y ella trató de centrarse en el perro en vez de en Cole, ya que, si no dejaba de pensar en todo lo que quería hacer con él, acabaría desnuda, tumbada boca arriba, con las piernas abiertas y retorciéndose como una libertina. Y, al terminar, pensaría que era como su madre.

–Tenemos que dejarlo –susurró sintiéndose muy desgraciada, pues lo deseaba tanto que le dolía–. O iremos demasiado lejos y lo lamentaremos.

–Yo no lo lamentaré.

Le desabrochó el sujetador. Se llevó sus senos a los labios y le lamió los pezones hasta que se le hincharon como dos bayas maduras.

Ella lo empujó con fuerza.

–Tenemos que parar ahora mismo.

–¿Qué? ¡No hablarás en serio!

–Claro que sí –afirmó ella con la voz quebrada–. Te lo ruego.

–Muy bien –apartó sus grandes y bronceadas manos de su cuerpo y sus labios de sus senos–. Tú ganas.

En la vida había deseado ella algo tanto como lo deseaba a él. Como las piernas no la sostenían, se apoyó en el árbol. Estaba tan guapo mientra se peinaba con los dedos que tuvo miedo de lanzarse a sus brazos y pedirle que la hiciera suya.

Él, respirando agitadamente, le dio la espalda y miró a Cinnamon y el río. Ella, al cabo de un rato, se separó del árbol y se abrochó el sujetador.

Después de colocarse la ropa, y cuando se sintió capaz de hablar en tono casi normal, dijo:

–Siento lo que ha estado a punto de pasar. No he debido dejar que las cosas se me fueran de las manos.

–Tengo tanta culpa como tú. ¿Cuánto tiempo vas a quedarte en el pueblo?

–¿Qué más da? Esto demuestra que tenemos que alejarnos el uno del otro.

–A mí no me lo parece. Quiero volver a verte. Cuanto antes, mejor.

–No es buena idea.

–¿Por qué?

–Me parece evidente.

–¿Y si te doy mi palabra de que no voy a tocarte a no ser que me lo pidas? Hay cosas de nuestro pasado que quiero aclarar. Tal vez entonces podamos olvidarnos el uno del otro, que es lo que ambos queremos, ¿no?

Maddie estaba tan descontrolada que ya no sabía lo que quería. No, no era así. Deseaba la vida que había planeado. Entonces, ¿por qué le dolía tanto rechazar a Cole?

–Tenemos que evitar vernos.

–Te juro que no te tocaré, por favor, debemos volver a vernos. Tenemos que hablar.

–Tal vez tengas razón.

–Vamos a montar a caballo y después podemos cenar en mi casa. Te sigue gustando montar, ¿verdad?

Ella se animó.

–No lo he hecho mucho desde que me fui de aquí.

–Hay cosas que no se olvidan. Siempre decías que querías conocer mi casa y las cuadras, pero entonces era imposible, ya que mi madre vivía allí.

–¿Se ha mudado?

–Sí. En su lecho de muerte, mi padre me habló de mi hermano Adam. Al principio me sentí traicionado, pero oculté mis sentimientos y fui a conocerlo. Le pedí que viniera a Yella para ayudarme con el rancho, de modo que yo pudiera dedicar más tiempo a la explotación petrolífera. Mi madre no quería que me relacionara con él. Se sentía traicionada, aunque Adam había sido concebido antes de que conociera a mi padre y sin que él lo supiera. Fue entonces cuando se mudó.

Maddie pensó que, si iba a casa de Cole, tal vez hallara el modo de recuperar las cartas, que él le había dicho que estaban en el despacho.

«Sé sincera», se dijo.«Lo único que quieres es ver su casa y estar más tiempo con él».

–Muy bien –susurró–. Tú ganas.

–¿A qué hora puedes salir?

–Tengo que hablar con la señorita Jennie.

–¿Puedo acompañarte?

–Si lo haces, Bessie se lo contará a todo el mundo. Tu madre se enterará de que hemos estado juntos en el bosque.

¿Y qué? –llamó a Cinnamon y el animal corrió hacia él.

Cole agarró la correa y se la dio. Sus dedos se rozaron y ella dio un salto atrás.

Él se echó a reír, ella puso cara de pocos amigos y se mantuvo a distancia en el camino de regreso a casa de la señorita Jennie.

Una vez allí, Cole la esperó en el salón mientra ella acababa de hacer sus cosas. Pero estaba tan nerviosa que le resultaba imposible concentrarse.

Sonó el móvil y vio que era Greg, pero no contestó la llamada.

–¿Quién era? –preguntó Cole

–Nadie importante.

–¿Sales con alguien?

–No quiero hablar de eso. Y tú, ¿sales con alguien?

–No. Cuando Lizzie murió me dije que no saldría con una mujer durante un año, que está a punto de acabar.

Maddie estaba confusa. Normalmente deseaba que Greg la llamara para contarle cómo le había ido la mañana.

Recordó con sentimiento de culpa los besos de Cole. Pensar en ellos hacía que se sintiera tan viva como una adolescente enamorada.

El placer que le producían y su deslealtad hacia Greg contribuían a aumentar su confusión.

¿Qué le sucedía?

***

Maddie no quiso pensar en lo que habrían dicho los vecinos cuando llegó con Cole a casa de la señorita Jennie, con el pelo y la camiseta mojados. Ni cuando salió de su brazo aquella tarde. Parecía que a él no le importaba que la vieran en su compañía.

Cole había insistido en volver a recogerla a casa de la señorita en la camioneta, después de dejar el caballo en el rancho.

Para no destacar demasiado, se había recogido el pelo en un moño, se había abotonado la blusa hasta el cuello y no se había pintado los labios. Los vaqueros eran ajustados, pero solo tenía ese par.

–Bessie nos está mirando –murmuró, al ver que se movía el visillo de su ventana.

Cole no se molestó en comprobarlo y le abrió la puerta de la camioneta.

–Seguro que ya le ha dicho a todo el mundo que hemos ido a bañarnos en cueros.

–Ojalá me lo hubieras sugerido cuando podíamos hacerlo.

–Nada de insinuaciones sexuales. Me lo has prometido.

–No, te he prometido no acariciarte.

–Pero las insinuaciones acaban en caricias.

–Entonces deja de tentarme poniéndote colorada de forma tan encantadora.

–Ya vuelves a empezar.

–No es un delito ser guapa. Podrías ponerte ropa más sexy, y eso tampoco sería un delito. Lo es que no lo hagas.

Ella contuvo el aliento. ¿Tendría tantas ganas de besarla como ella a él?

Cuando él montó en el vehículo y arrancó, ella se abrochó el cinturón. Su proximidad le aceleró el pulso, y las manos comenzaron a temblarle.

Él respiró hondo, por lo que se dio cuenta de que también estaba nervioso.

–Hace mucho calor –dijo ella.

–Estamos en julio.

Intercambiaron otras frases triviales antes de caer en un silencio que duró hasta que llegaron a la casa de Cole.

La familia Coleman era muy respetada en Texas. Maddie, como todos los habitantes del pueblo, siempre había querido ver la casa, pero Cole no la había invitado, al no considerarla de su círculo social.

De niña, la miraba escondida entre la maleza, admirando el edificio, los establos, la piscina y la pista de tenis, donde veía jugar a Cole con Lizzie.

Cuando aparcaron frente a la puerta principal, donde se hallaba el capataz, Joe Pena, Maddie estaba emocionada. Joe palideció cuando el patrón le dijo que ensillara a Raider y a una yegua.

–La señorita Grey lleva seis años sin montar, así que Lily será perfecta –dijo Cole.

Joe le sonrió afablemente, pero apretó las mandíbulas al mirar a Maddie.

–Gracias –dijo esta.

El hombre le dio la espalda sin mirarla y se encaminó hacia las cuadras.

La madre de Maddie se había acostado un par de veces con Joe, lo cual a él le había causado problemas en su matrimonio.

–No le hagas caso –dijo Cole tomándola suavemente del brazo y conduciéndola dentro de la casa.

–Es difícil olvidar que aquí siempre seré la hija de Jesse Ray.

–Ya es horas de que lo olvides.

–¿Cómo, si me lo están recordando constantemente?

–Si quieres que me pelee con él a puñetazos, lo haré.

–No.

–Menos mal, porque hace demasiado calor. Así que olvídate de Joe y de sus estúpidos prejuicios.

Cuando Cole cerró la puerta de la casa, a Maddie le pareció que se hallaba en otro mundo. Él le indicó una mesita para dejar el bolso. Después, la condujo por una serie de habitaciones de techos altos, llenas de antigüedades y de fotos de los miembros de la familia en compañía de gente famosa de Texas y presidentes del país.

¿Qué se sentiría al tener una familia de la que estar orgulloso?

Ella se avergonzaba al recordar el olor fétido de la caravana de su madre. Las únicas fotos que tenía de ella eran fotos escolares que le había dado la señorita Jennie.

–Como verás, los Coleman no tiran nada –dijo Cole.

–Porque tenéis una historia de la que sentiros orgullosos.

Sonó el móvil de Cole. Este lo sacó, miró la pantalla y frunció el ceño.

–Voy a apagarlo. Este maldito trasto no deja de sonar.

–¿Quién era?

–Mi madre.

–Habla con ella, no me importa.

–Más tarde –pulsó un par de botones y se lo guardó en el bolsillo–. Ya está apagado.

Maddie se lo imaginó en aquella habitación en sus ratos de ocio. ¿A cuántas mujeres habría llevado allí, mujeres a las que respetara? ¿A cuántas habría presentado a su madre?

Él le contó lo que ya sabía: que el rancho se había constituido cuando Texas se independizó de México.

La casa era preciosa. En su adolescencia, ella, cuando estaba en brazos de Cole, soñaba con vivir allí y con ser aceptada por el pueblo por el hecho de ser su esposa. Pero él se había casado con Lizzie y, como prueba de la feliz unión, había algunas fotografías en las estanterías y las mesas.

Maddie agarró una de ellas.

–Parece tan feliz y tan enamorada.

Él, sin decir palabra, se la quitó y la devolvió a su sitio.

–Ya no está.

Maddie se estremeció ante la frialdad de su tono, y recordó que la señorita Jennie le había dicho que Cole se pasó seis meses borracho tras la muerte de su esposa.

–Te quiso mucho –afirmó Maddie con suavidad–. Desde niña.

–Sí.

–Todo el pueblo quería que te casaras con ella. Y lo hiciste.

–¿Por qué no hablamos de otra cosa? No te he traído aquí para hablar de Lizzie –la tomó del brazo y la condujo a su despacho. La tomó de la mano, olvidando su promesa de no tocarla, y entraron.

–Aquí es donde trabajo. Está muy desordenado, como verás.

Montones de papeles ocupaban el enorme escritorio y sobresalían de los cajones.

Pensando en las cartas, ella miró los cajones sin escuchar apenas sus explicaciones. Llevar un rancho era complicado, debido a la naturaleza impredecible de variables como el tiempo o el coste de los alimentos. Su padre había estado a punto de arruinarse, por lo que él había diversificado los negocios.

–Hemos tenido suerte con el petróleo. He contratado a geólogos y no dejamos de expandirnos.

Ella seguía mirando los cajones. Todos, salvo el último, estaban abiertos.

–Pero divago mientras tú no me escuchas –le soltó la mano.

–Es muy interesante.

Entonces vio las puntas de flecha sobre el escritorio. Se sorprendió al ver que estaban las que ella había encontrado cerca del río y que le había regalado.

–Las puntas de flecha. Has enmarcado las que te regalé.

–Sí. Las buscabas con paciencia y dedicación. Yo me cansaba enseguida. Entonces, ¿qué te apetece hacer? ¿Tienes hambre?

–Aún no –dijo ella sintiéndose de pronto incómoda en su presencia.

–¿Quieres montar a caballo ahora y que nos llevemos algo de comer para después?

Emocionada ante la idea de montar otra vez, asintió. Más tarde ya hallaría la oportunidad de buscar las cartas.

Ayudó a Cole a preparar el picnic y se dirigieron a las cuadras. Al llegar les salió al encuentro un labrador australiano, que los saludó ladrando sin cesar. El perro dio un salto hacia Maddie, le lamió las manos y le olisqueó los vaqueros. Ella se agachó, y el animal le lamió la mejilla.

–Así que a Bendi le dejas que te bese –dijo Cole.

–¿Te llamas Bendi? Tal vez seas mi único amigo en Yella, aparte de la señorita Jennie.

–¿Y yo?

–Nunca fuimos amigos de verdad.

–Me caías bien –susurró él.

–No me trajiste a tu casa, como hacías con tus verdaderos amigos.

–Mis padres vivían aquí.

–A eso me refiero. Te avergonzabas de mí.

–Con mi madre, era complicado. Su vida estaba regida por cientos de reglas. Creo que no estaba preparado para hablarle de ti, de nosotros, probablemente por miedo a que estropeara nuestra relación o consiguiera que te fueras. Pero no era mi intención hacerte daño.

–No quiero que nos peleemos por el pasado. Vamos a montar y a disfrutar del resto de la tarde –se incorporó y el perro la siguió.

–Si tan importante era para ti venir aquí, podías haberme pedido que te enseñara la casa –dijo él caminando detrás de ella.

Como no quería discutir, Maddie no contestó. Los dos caballos que Cole había pedido al capataz que ensillara estaban listos. Cole agarró las riendas de una hermosa yegua y la sacó.

–Esta es Lily. Es muy mansa.

El animal bajó la cabeza y dejó que Maddie la acariciara. Esta le acercó a la boca una manzana que llevaba y la yegua la mordió.

De niña, los caballos habían sido su salvación. ¿Donde estaría de no haber sido por ellos y por la señorita Jennie? Cole sacó el otro caballo.

–Y este es Raider. Llevamos juntos mucho tiempo. Es difícil de montar.

–¿En qué sentido?

–No le gustan las rocas blancas e intenta imponer su voluntad a los demás caballos decidiendo qué montón de heno deben comer y, si no le hacen caso, los embiste.

Maddie lo acarició.

–Lily es tan dócil que no se siente amenazado, por lo que no recurre a sus artimañas en presencia de ella.

Montaron y se dirigieron al sendero que serpenteaba entre la maleza.

–Mantengo limpio el sendero en verano para poder montar.

–¿Lo haces a menudo?

–He estado fuera mucho tiempo supervisando los pozos de petróleo, y cuando he estado aquí no he tenido tiempo, por lo que salir hoy me apetece mucho, sobre todo estando tú conmigo.

«No digas eso», pensó ella. «No me hagas desear lo que nunca tendré».

–También para mí va a ser algo especial. Al ser madre soltera, no tengo mucho tiempo para mí.

El cielo estaba azul y la brisa de la última hora de la tarde había refrescado el ambiente.

Maddie, que iba detrás de Cole, se dio cuenta de que estaba disfrutando como no lo había hecho nunca.

Cole comenzó a galopar. Ella soltó una carcajada y lo siguió, con el cabello al viento. Volvió a sentirse niña. Cuando él se volvió y sus miradas se cruzaron, la invadió una oleada de emoción. Más tarde, se dirigieron al río.

–Aquí el terreno no es lo bastante firme para galopar –dijo él mientras esperaba que ella se pusiera a su lado.

A Maddie no le sorprendió que Cole hubiera

elegido, para dar de beber a los caballos y comer lo que llevaban, la poza donde la había encontrado aquella mañana.

Cuando él la ayudó a desmontar, ella se quedó al lado de Lily acariciándola mientras bebía.

Cole abrió una lata de cerveza y se la ofreció. Él agarró una tónica y se la llevó a su espléndida boca.

–Entonces, ¿quién eres ahora, Maddie? –susurró él mientras la conducía a una roca de piedra caliza que hacía la veces de banco–. Ahora que eres una persona adulta y has estudiado.

–No pertenezco a una familia de famosos pioneros de Texas. Era una niña que a veces pasaba hambre y que se sentía atrapada en aquella horrible caravana cuando mi madre estaba allí. Y cuando no estaba, los vecinos me daban tanto miedo que no salía a jugar. Mi madre no volvía a casa muchas noches, a veces no lo hacia durante varios días. Supongo que salía con hombres. Me escondía en el armario, a pesar de tenerle miedo a la oscuridad.

–¿Le dijiste a alguna profesora que te encerrabas en el armario por miedo?

–Solo a la señorita Jennie. Una tarde me llevó a su casa. Todo estaba tan limpio y era tan bonito, y ella era tan amable, que rompí a llorar porque quería vivir en un lugar como aquel, sin manchas en las paredes, con manteles, con sábanas en las camas; un lugar donde me sintiera a salvo y la gente fuera amable. Mi madre me chillaba y maldecía. La mayor parte de la gente de Yella me trataba como si me odiara, salvo Liam y Lizzie, que siempre me trataron bien. Así que no pensaba que pudiera llevar una vida decente.

–Pero la señorita Jennie me infundió esperanzas. Hasta que comencé a pasar las tardes en su casa, mis únicos amigos habían sido los caballos.

–¿Cómo se llamaba el primero?

–¿Recuerdas que la caravana estaba cerca de la propiedad de Jasper Bower? Pues el señor Bower se dio cuenta de que, después de clase, les llevaba manzanas a sus dos caballos. Fue él quien me dio mi primer empleo quitando el estiércol de las cuadras a cambio de clases de equitación. Me dejó cuidar de Pico y me dio una carta de recomendación que me abrió el camino a otros trabajos. Hasta que no me hice amiga de la señorita Jennie, el mundo me pareció hostil. Y me sentía impotente para cambiar algo. La señorita me hizo entender que si no quería que me despreciaran toda la vida, no podía esconderme en las cuadras. Cambiar era algo que dependía de mí. Hicimos un plan para lo que haría al dejar la escuela, y le juré que, si tenia éxito, no me olvidaría de que había otras niñas sin nadie a quien recurrir y que las ayudaría como ella me había ayudado.

–¿Y lo hiciste?

–Lo intento todos los días. Me licencié en Sociología y Psicología para poder trabajar en el mismo centro de acogida que se había hecho cargo de mí cuando me fui de Yella. Reparto abrigos a los niños, pañales a los bebés y billetes de autobús a las madres que necesitan ir a trabajar en transporte público. Dirijo una guardería y una casa de acogida para madres e hijos. Damos de comer a trescientas personas al día. Y me parece que el trabajo que hago vale la pena.

Él la miró con tanto interés y admiración que ella se sintió orgullosa.

–Trabajar con estas personas requiere muchas de las habilidades que aprendí para domar caballos. Con reglas, paciencia, resolución, compasión y un plan, a veces se obran milagros. Cuando Noah crezca, haré un máster. Ahora tengo que dedicarle todo el tiempo posible.

–Yo haría lo mismo si tuviera un hijo.

–Estoy segura –susurró ella.

Durante unos segundos se sintió tan próxima a él que estuvo a punto de hablarle de Noah. Por suerte, él apartó la mirada, y el hechizo se rompió. Debía ser precavida.

Mientras el sol se ponía, él siguió haciéndole preguntas y ella respondiéndolas. Cuando acabaron la segunda cerveza, comieron lo que habían llevado. Ella tomó muchas galletas, y él le tomó el pelo diciéndole que, después, lo lamentaría.

Ella se echó a reír. Le parecía asombroso poder confiar en él tan fácilmente, como si fuera un verdadero amigo en vez de un chico rico que la había deseado y un hombre poderoso que podía poner en peligro su futuro si descubría su secreto.

Cole, por su parte, le habló de su empresa de extracción de gas y de petróleo y de su rancho.

–Pero no salvo vidas, me limito a ganar dinero.

–El mundo moderno no puede sobrevivir sin energía. Y has salvado el rancho, la herencia de tu familia.

Él sonrió.

–Mira, el sol está a punto de ponerse. Será mejor que volvamos antes de que se haga de noche.

Cuado la ayudó a montar, Maddie miró su hermoso rostro, y se le encogió el estómago. Él la miro con intensidad, lo cual aumentó su nerviosismo. No era necesario que la tocase para que le resultara peligroso.

Maddie llevaba años oprimida por la soledad y el esfuerzo de labrarse un porvenir partiendo de la nada. Incluso con Greg, a veces se sentía sola. ¿Por qué no sentía con este la conexión que experimentaba con Cole?

«¿Cómo se te ocurre pensar eso cuando sabes que Greg te quiere como persona, en tanto que Cole solo te quiere para una cosa?», se recriminó.

En vez de sentirse humillada por el deseo de Cole, la recorrió un escalofrío de excitación. ¿Sería tan desvergonzada como su madre?

Aquello tenía que acabar. Al volver a casa de Cole, debía encontrar las cartas y marcharse.

Mantendría la decisión que había tomado y se casaría con Greg, y no volvería a ver a Cole.

Era un plan difícil cuando este hacía que se sintiera tan viva…

Capítulo Cuatro

Como tenía el corazón desgarrado por haber pasado la tarde con Cole, Maddie deseó poder olvidarse de las cartas y pedirle que la llevara a casa. Pero cuando él encendió las luces de las cuadras y ella vio que estaban solos, el olor a heno y la respiración de los animales la sedujeron y decidió echar a Cole una mano.

Desensillaron los caballos y les quitaron las bridas. Después los enchufaron con una manguera y los lavaron.

–Echo de menos cuidarlos –dijo ella–. Los caballos no mienten ni te parten el corazón, como hace la gente.

Él la estudió durante unos segundos.

–Siento que al principio las cosas fueran tan difíciles para ti, pero lo has superado,

Ella sonrió. Estar con los caballos la había relajado, y la tensión había desaparecido. Se sentía a gusto en compañía de Cole y de los animales. Comenzaron a hablar tranquilamente y a reírse.

–¿Quieres un café antes de que te lleve a casa? –le ofreció él después de acabar.

–Me apetece mucho un café –mintió ella, pues nunca tomaba.

Se dirigieron a la casa y no vieron un coche aparcado bajo el roble que había al lado del edificio.

–¿Eres tú, John? ¡Por fin!

–¡Mamá!

–Me preguntaba si ibas a volver a casa.

–Deberías haberme llamado.

–Lo he hecho, pero o tenías el móvil apagado o no te has molestado en contestar –su madre se levantó. Su expresión no demostraba afecto alguno. No se dignó en mirar a Maddie.

–Deberías haberme dicho que venías, y Angelica te hubiera hecho la cena.

–Tenía otros planes. ¿Te acuerdas de Maddie Grey?

Su madre frunció los labios mientras la miraba brevemente con ojos glaciales.

–Vagamente –mintió.

–Hola –dijo Maddie.

–Preferiría hablar con mi hijo a solas.

Maddie asintió al tiempo que se sentía como una niña castigada. Su primer impulso fue marcharse, pero no podía, ya que Cole la había llevado allí. Después recordó las cartas. Era una oportunidad de buscarlas.

–Te espero en el despacho, Cole –dijo, y se fue deprisa antes de que él pusiera alguna objeción.

Él la siguió.

–Tienes revistas en el escritorio. No tardaré –le dijo Cole a Maddie.

Cuando hubo salido cerrando la puerta, ella, que sabía que tenía poco tiempo, tiró del cajón inferior del escritorio. Como se temía, estaba cerrado con llave.

–Miraré primero los cajones de arriba –murmuró.

Mientras lo hacía, Cole y su madre elevaron la voz.

–Sé que te sientes solo, cariño. Pero ¿no has encontrado nada mejor que esa chica?

–Ni siquiera la conoces.

–Sé que ha vuelto en cuanto se ha enterado de la muerte de Lizzie.

Maddie ahogó un grito.

–Lizzie murió hace un año.

–Todo el pueblo comenta que Maddie se ha bañado desnuda esta tarde en nuestra tierra para seducirte.

–Estás completamente equivocada, mamá.

Cuando Maddie hubo inspeccionado todos los cajones, salvo el que estaba cerrado, agarró las llaves que había visto en el escritorio.

–Eres un ingenuo –dijo la madre de Cole–. Esa chica vulgar tiene la mira puesta en ti.

«Vulgar…». La palabra hirió a Maddie.

–Estás hablando muy alto, mamá. Es mi invitada.

Cole bajó la voz y su madre hizo lo mismo. Maddie dejó de oírlos. Furiosa, comenzó a probar las distintas llaves. La última funcionó.

De pronto, volvió a oír las voces.

–Tengo que hacerte una pregunta, mamá, ¿me llamó Maddie hace seis años, antes de marcharse de Yella? ¿Hablaste con ella?

–¿Crees que recuerdo las llamadas de hace seis años?

–Muy bien. Tengo que llevarla a casa de la señorita Jennie. Tal vez podamos comer tú y yo mañana, antes de que me marche.

Maddie ahogó un sollozo. Tenía que encontrar las cartas. No quería que la madre de Cole supusiera un peligro para Noah o para ella, ya que Cole parecía creer todo lo que ella le decía.

Maddie fue pasando los innumerables contratos y escrituras que había en el cajón inferior. Se sobresaltó al oír que Cole se acercaba.

–¿Es que no tiene modales? –dijo su madre. ¿No me vas a acompañar a la puerta?

Cole retrocedió. La puerta de entrada se abrió y se cerró, y Maddie volvió a oír los pasos de Cole acercándose.

Presa de pánico, empujó el cajón con el pie para cerrarlo, pero se atascó.

Agarró una revista y fingió que leía un artículo incomprensible sobre la irrigación.

–Lo siento –dijo Cole desde la puerta.

Ella alzó la vista.

–Estás muy pálida y temblando.

Maddie se levantó de un salto para situarse entre el cajón y él.

–Estoy bien.

–Siento que hayas tenido que oír todo eso.

–Ya sé que no le caigo bien.

–Pues a mí me pareces maravillosa.

–¿En serio?

–¿Después de lo que me has contado? ¡Desde luego!

–Tenías una opinión pésima de mí cuando me marché.

–Pero eso no me impidió preocuparme por ti.

Mientras salían del despacho y se dirigían a la cocina, él la tomó de la mano y se la apretó.

–Olvídate de mi madre, ¿de acuerdo? Olvídate de mi madre y del pueblo.

–¿Tú puedes hacerlo?

–Es mi madre, y estoy acostumbrado a que intente controlar mi vida al milímetro. Creía haber aprendido a manejarla, pero Lizzie murió y pasé una mala época. Mi madre quería mudarse a vivir conmigo, y defenderme de ella me ayudó a salir del bache. Sé que me quiere a su manera, pero no puedo dejar que se me acerque demasiado.

–Siento lo de Lizzie. Era una persona encantadora, incluso conmigo. Solía venir a las cuadras para verme cuidar los caballos.

–Sí, era encantadora con todos. Pero hay algo que debo decirte. No me la merecía, y no sé si la hice feliz. No es fácil estar casado con la santa del pueblo. Pero ya no está, y es tarde para cambiar lo que pasó. No obstante, estoy seguro de una cosa: a ella no le importaría que estuvieras aquí. Hubiera querido que te viera y que aclarara mis sentimientos. Me quería, a pesar de que la decepcioné en muchos sentidos.

Pareció más tranquilo y menos tenso después de decirlo. Pero ¿qué tenía que ver el haber estado casado con Lizzie con sus sentimientos por ella en aquel momento? ¿Llegaría a respetarla algún día?

¿Y si lo hacía?

De pronto, Maddie se percató de que no podía marcharse, de que no podía volver a Austin y casarse con Greg tras darse cuenta de lo que Cole y ella sentían el uno por el otro. Greg era un buen hombre, y sería injusto arriesgarse a hacerlo sufrir como Cole creía que había hecho sufrir a Lizzie.

–¿Te sigue apeteciendo un café? –preguntó él.

–No suelo beber café.

Él adoptó una expresión de contrariedad, lo que a ella la llenó de alegría.

–Me apetece una copa de vino.

Él le dedicó una sonrisa radiante.

–¿Blanco o tinto?

–Elige tú. Lo que vayamos a beber no es lo que más me preocupa.

–Entonces, ¿qué es? –preguntó él, desconcertado.

–Veo que te tendré que dar una pista –sin poder resistirse, le rodeó el cuello con las manos.

Él enarcó las cejas y vaciló unos segundos. Después le puso las manos en la cintura y la atrajo hacia sí.

–Me dijiste que no te tocara –susurró.

–Pues he cambiado de opinión.

Él le acarició la garganta con los nudillos, y ella se estremeció. Le miró la boca mientras la agarraba por la barbilla y le acarició el labio inferior con el pulgar.

–Llevo toda la noche muriéndome por besarte.

Ella se pasó la lengua por los labios y él lanzó un gemido y la apretó más contra sí. La besó con fuerza. Ella abrió los labios y suspiró de placer cuando él le introdujo la lengua y sondeó el blando interior de su boca de forma tan erótica que la dejó sin aliento.

Al darse cuenta de que ella se le entregaba, apretó su pelvis contra la de ella para que percibiera lo excitado que estaba.

–¡Vaya! –exclamó ella–. ¿Es por mí?

El la besó con más intensidad que antes y la tomó en brazos.

–Cariño, me parece increíble que por fin hayas venido a casa, que hayas vuelto a mí.

–No era mi intención, pero me alegro.

La llevó a la cocina sin dejar de besarla. Agarró una botella de vino y subió las escaleras apretando a Maddie con fuerza y se dirigió al dormitorio.

Ella, sintiéndose como una novia, se echó a reír, estiró el brazo y abrió la puerta.

–Si vas a volver a decirme que no, dímelo ahora –susurró él.

–Te deseo. Y soy débil. Siempre lo he sido tratándose de ti. Pero ¿qué se puede esperar de una chica mala de Yella?

–Espero sexo salvaje –murmuró él mientras cerraba la puerta de una patada–. En cantidad.

***

Maddie estaba debajo de Cole, a oscuras en su dormitorio, retorciéndose contra su dura y desnuda masculinidad. Volvía a estar en sus brazos al cabo de seis años de abstinencia, y él le estaba haciendo todas las cosas deliciosas que llevaba años soñando. La acariciaba por todas partes, la amaba con los labios y la lengua.

De pronto, el horror del pasado interfirió en la dulzura del presente.

Volvía a ser una chica asustada, atrapada debajo de un hombre, un malvado al que odiaba y cuyas ásperas manos y boca apestosa degradaban su cuerpo.

Todos los recuerdos que tanto se había esforzado en suprimir se apoderaron de ella.

Con el pelo húmedo después de darse el último baño de la tarde y el corazón lleno de amor por Cole, había corrido a la caravana después de hacer el amor con él en la orilla del río. Creyendo que estaba sola, entró. Vernon, el novio de su madre, estaba repantingado en el sofá. Con sus grandes brazos tatuados, parecía una araña acechándola en su tela.

Ya se le había insinuado antes, por lo que ella evitaba quedarse a solas con él.

–¿Por qué no estás trabajando? –preguntó ella.

Vernon lanzó un gruñido de borracho mientras arremetía contra ella.

–¿Qué te importa si me han despedido? Seguro que sé con quién has estado. Todo el pueblo lo sabe.

Maddie trató de salir de la caravana, pero él la agarró de un brazo, se lo puso en la espalda y echó el pestillo.

–Sé donde pasas el tiempo. No me dejas tocarte porque no te parezco lo bastante bueno, y te dedicas a perseguir a Coleman como una perra en celo. ¿Quién te crees que eres? Te lo voy a decir. Eres la hija de Jesse Ray. No eres nadie, igual que yo.

Vernon olía a cerveza y a cigarrillos. La empujó contra la pared y apretó la pelvis contra ella mientras Maddie trataba desesperadamente de zafarse de él.

Cuando Vernon hubo acabado, se sintió sucia, avergonzada y atemorizada. Y, sobre todo, impotente. Lloró inconsolablemente mientras él se burlaba diciéndole que nadie la creería si lo delataba, ni siquiera su madre. Y tenía razón.

Cuando su madre los echó a los dos, Maddie supo que no podía ir a denunciarlo. Si su madre no la había creído, ningún sheriff lo haría. Ni nadie más. ¿No habían pensado siempre lo peor de ella?

Llamó a Cole, pero fue su madre la que contestó. En el estado emocional en que se hallaba, las duras palabras de las señora Coleman centuplicaron el daño que le había hecho Vernon, destruyendo sus esperanzas de ser amada y feliz.

Cole se dejó caer a su lado, mirándola en la oscuridad. Le acarició suavemente las mejillas.

–Estás temblando y llorando. ¿Por qué?

–Por nada –mintió ella.

Cole la atrajo hacia sí.

–He soñado muchas con esto –le susurró–. Durante mi matrimonio, te interponías entre Lizzie y yo. Incluso entonces te deseaba, y me sentía fatal.

Me sentía muy culpable, pero, tumbado en la cama al lado de Lizzie, pensaba en ti, en tus labios, en cómo se te endurecían los pezones cuando te los besaba, en tu pelo negro. Creo que te odié más por eso que por Vernon.

Al oír aquel nombre, Maddie sollozó.

–No sabes lo que pasó. No sabes nada.

–Te marchaste con él sin decirme nada, así que tuve que atenerme a lo que contaba tu madre.

Cuando supo que estaba embarazada, tuvo miedo de que el hijo fuera de Vernon. Solo al ver cuánto se parecía Noah a Cole reunió el valor suficiente para llamarlo, pero él no quiso hablar con ella. Por eso le había escrito esas cartas que él no se había molestado en leer.

–Ya no me importa Vernon –dijo él.

–¿En serio?

–Eso pasó hace seis años. Eras joven, y yo era tu primer amor. Lo único que sé es que el hecho de que hayas vuelto es lo mejor que me ha ocurrido. Me gusta lo que eres ahora y no quiero estropear nuestro encuentro culpándote por el pasado. No llores, por favor. No lo soporto.

La besó en la frente y en las sienes. Él siempre había sido muy amable con ella cuando eran amantes. En sus brazos, se olvidaba de su madre y le parecía que podía cambiar de vida.

Esa noche, Cole le parecía tan maravilloso como aquel verano de hacía tanto tiempo. Con su voz suave y palabras amables consiguió que se tragara las lágrimas.

–Ya no lloro, ¿lo ves? –dijo ella frotándose los ojos–. Bésame, ámame. Por favor, ámame otra vez.

Necesitaba nuevos y hermosos recuerdos de Cole para que los malos perdieran fuerza.

–Muy bien.

La besó tierna y dulcemente. Sus labios se posaron en su frente, su nariz y levemente en sus labios. Le lamió los senos y le acarició los pezones con las manos, convenciéndola lentamente de que dejara a un lado el pasado y todo el dolor y la vergüenza que Vernon le había causado para sumergirse en el placer que solo Cole le proporcionaba.

Pronto sus besos y caricias la volvieron tan loca de deseo que se olvidó de todo salvo de su necesidad de estar con él. Cuando finalmente se puso un condón y la penetró, ella lo rodeó con los brazos y las piernas gimiendo y aferrándose a él para que pudiera hundirse más en ella. Luego rompió a llorar, pero fueron lágrimas de alegría y de esperanza.

Cuando las embestidas de él cobraron más fuerza, Maddie se deleitó en ellas y levantó las caderas para ir a su encuentro, porque necesitaba aquella intensa unión tanto como él. Se entregó a él de forma tan completa que la dejó asombrada y borró de su mente todo salvo el fiero deseo de ser suya.

Cuando Cole alcanzó el clímax, gritó su nombre como si lo fuera todo para él. Y su sonido hizo que ella también llegara al clímax. Permaneció abrazada a él mucho tiempo, con las manos unidas y las frentes tocándose. Después de seis años de soledad, quería prolongar aquel momento de estar juntos.

–Eres un encanto. Lo eres todo para mí –susurró–. Siempre lo has sido. Me da igual quién fuera tu madre y lo que piense la mía.

Ella, soñolienta, se sintió colmada y más feliz de lo que se había sentido nunca en los años anteriores.

Él la abrazó con más fuerza. Y aunque ella aún no estaba preparada para hablarle de Noah, sabía que si esa noche se despertaba gritando como le sucedía a veces, él estaría a su lado. ¡Cuán segura se sentía!

Cuando se despertaron volvieron a hacer el amor. Se quedó dormida en sus brazos.

Horas después, cuando se despertó sobresaltada por una pesadilla, Cole ya no estaba abrazándola. Abrió los ojos, pero el monstruo que la perseguía en sueños había desaparecido. Estaba sola en la oscuridad. Buscó en la mesilla su linterna, pero no la halló. Entonces recordó que no estaba en su habitación, sino en la de Cole. En su bolso llevaba otra linterna, pero estaba en el piso de abajo.

–¿Cole? susurró asustada.

La cama estaba vacía. Se sentó en la oscuridad.

Temblando, agarró la almohada de él y se la llevó a los labios. Debido a la pesadilla que había tenido, había desaparecido la seguridad en sí misma que le había proporcionado hacer el amor con Cole.

¿Creía lo que había dicho su madre de ella? ¿Lamentaba haberse acostado con ella? ¿Solo había sido un pasatiempo sexual para él?

Al cabo de un rato, al ver que no volvía, sus dudas aumentaron. Agarró una sábana y se la enrolló al cuerpo. Se levantó y salió a buscarlo.

Cuando Cole encendió la lámpara del escritorio, vio las llaves colgando de la cerradura del cajón inferior.

Recordó que Maddie parecía alarmada cuando él entró en el despacho. Estaba pálida y le temblaban las manos mientra trataba de leer una revista. Pensó que estaba alterada por lo que su madre había dicho. Pero ya no estaba seguro.

¿Se la había jugado Maddie?

Había tenido la vaga impresión de que algo no cuadraba en el despacho, pero se había centrado en hacerse perdonar el comportamiento grosero de su madre y había olvidado toda posible sospecha.

Después habían hecho el amor y dormido juntos, lo cual lo había distraído aún más. Cuando se había despertado en plena noche, como le sucedía a menudo, había comenzado a pensar en los problemas que tenía en la explotación petrolífera y había bajado al despacho a preparar algunos asuntos para el día siguiente.

Lleno de sospechas, abrió el cajón.

Fue sacando todos los papeles y documentos que había en el cajón hasta hallarlas donde las había dejado cinco años antes y donde Lizzie las había vuelto a poner.

¿Qué demonios habría en esas cartas?

Abrió el primer sobre. Al leer la primera frase, el corazón comenzó a latirle con fuerza.

Cuando me fui de Yella, estaba embarazada.

No es que lo supiera el día que me marché. Y, después, creí que era de Vernon, ya que tú siempre tomabas precauciones para protegerme.

Al ver que ella reconocía haberse acostado con Vernon, se puso furioso.

Pero Noah tiene tu pelo y tus ojos. Y es igual que tú, Cole. Colecciona puntas de flecha como tú cuando eras un niño. Y es bueno en todos los sentidos en que puede serlo un niño travieso. Es tan bueno que sé que es tuyo. Aunque, por supuesto, podrás hacerte una prueba de ADN.

¿Que Noah era suyo? ¿Que era bueno?

A pesar del estado de shock en que se hallaba, se sintió contento. Pero, de todos modos, ella se había acostado con el canalla de Vernon y había creído que estaba embarazada de él.

Esa noche, cuando la había vuelto a hacer suya, quiso borrar el pasado y perdonárselo todo. Pero la carta volvía a abrir la vieja herida y a enfurecerlo ante la idea de que Maddie hubiera estado con ese hombre.

¿Qué importaba su ira si Noah era su hijo?

Cole pensó en todo lo que había luchado ella y en todo lo que había conseguido.

Las manos le temblaron al abrir el segundo sobre.

Sé que has recibido mi primera carta porque, al ser certificada, has tenido que firmala. Sí, después de esta, sigo sin saber nada de ti, estoy segura de que no quieres tener relación alguna con Noah ni conmigo. Entiendo que puedas sentirte así, y te prometo que no volverás a tener noticias mías. Si no sé nada de ti en dos semanas, te consideraré libre de cualquier obligación con Noah y conmigo, y seguiré adelante.

Cole se llevó las manos a la cara al recordar la frialdad con la que la había rechazado por teléfono.

¿Libre de obligaciones? ¿Cómo había podido creer ella que rechazaría a su hijo?

Pero él no había contestado sus cartas ni a ella cuando lo llamó. ¿Era justo culparla por haber llegado a una conclusión errónea?

¿Cómo se las habría arreglado para criar al niño, sin dinero y estudiando a la vez?

Y más importante aún, ¿de qué se había visto privado Noah por la ciega arrogancia de su padre?

Cole sabía perfectamente que una revelación de ese tipo podía destrozar a una familia. Su padre había tenido un hijo, su hermano Adam, con Marilyn, su primer amor. Pero ninguno de los dos sabía que ella estaba embarazada cuando rompieron. Cuando su padre se enteró de que tenía un hijo, ya estaba casado, pero asumió sus responsabilidades y mantuvo económicamente a Marilyn y a su hijo en secreto, lo cual solo confesó a Cole en su lecho de muerte, y le dijo que pidiera a su madre que lo perdonase.

Pero su madre nunca lo hizo del todo. Contra sus deseos, Cole introdujo a Adam en los negocios de la familia, como había querido su padre. Incluso se hicieron amigos, teniendo en cuenta que no habían crecido juntos y que no confiaban plenamente el uno en el otro.

«Maldita sea», pensó. «Creías que protegías tu matrimonio y a Lizzie al negarte a contestar la llamada de Maddie o al leer sus cartas, pero te estabas portando como un arrogante egoísta, igual que tu padre».

«Y ¿cuánta es tu arrogancia comparada con la de Maddie al fugarse con Vernon?».

«Olvídate de él, olvídate de lo que ella hizo. Tienes un hijo. Eso es lo primero y más importante».

Capítulo Cinco

Cole se levantó y apagó la luz. Incapaz de volver a la cama con Maddie sin saber si su afecto y su dulzura eran reales, se quedó a oscuras en el despacho y cerró los ojos.

¿Cuál era la verdad?

¿Tenía razón la gente de Yella?

Aunque le resultara desagradable, tenía que sacarle la verdad a Maddie. ¿Por qué había huido con Vernon? ¿Por qué palidecía y parecía asustarse cada vez que se pronunciaba su nombre? ¿Había mentido su madre?

Pero esas preguntas no le importaban lo que Noah.

¿Cómo compensarle los seis años perdidos?

Debió de quedarse dormido, porque se sobresaltó al oír pasos que se acercaban y que alguien abría la puerta y ver el rayo de luz de una pequeña linterna. Se quedó inmóvil.

¿De dónde había sacado ella la linterna?

Maddie entró muy deprisa en el despacho y se arrodilló al lado del cajón. Al comprobar que estaba abierto y vacío, ahogó un grito.

Él encendió la lámpara.

–¿Buscas esto?

Cuando él levantó las cartas en la mano, ella soltó la linterna, que rodó debajo del escritorio.

–Dámelas –susurró ella, pálida, mientras se inclinaba para recoger la linterna.

–Desde luego –las dejó en el escritorio y ella las agarró de inmediato–. Ya las he leído.

–No tenías derecho a hacerlo.

–¿En serio? ¿Me dices que tenemos un hijo y no tengo derecho a leerlas? Dime una cosa: ¿has venido a mi casa solo para recuperar las cartas? Y como no pudiste hacerlo cuando mi madre estaba aquí, ¿te has acostado conmigo para poder quedarte un poco más e intentarlo de nuevo?

–Si eso es lo que crees... Cosas peores has pensado de mí.

–¿Por qué será? ¡Esta vez quiero que me digas la verdad, maldita sea!

–No, no es eso lo que quieres. Nadie en este pueblo ha querido saber la verdad. Todos preferís despreciarme. Así que, adelante. Ya estoy acostumbrada.

–Quiero saber si mi madre tiene razón, si te has servido de tu belleza para engañarme. Y quiero saber si lo hiciste también cuando éramos adolescentes. ¿Me buscaste porque creías que era rico y querías que tu vida mejorase? Tú misma has dicho que eres ambiciosa.

–Yo no fui a buscarte. Fue al revés. Y cuando me di cuenta de que lo único que querías de mí era sexo, me marché.

–¿Con Vernon?

Ella ahogó un grito.

–Te dejé. Y, sí, soy ambiciosa. Sí, quiero dar a mi hijo una vida mejor que la que yo he tenido. Y no solo a mi hijo, sino a otros niños.

–Así que ahora eres una santa, y yo, un demonio arrogante que te dejó embarazada, te rechazó cruelmente, a ti y a tu hijo, cuando ya estaba casado con otra mujer.

–Lo único que sé es que esta noche, venir aquí, lo que hemos hecho, ha sido un error –susurró ella–. No debí haberte hecho confidencias en el río ni haberme acostado contigo.

–¡Pues ya está hecho!

–¿Puedes, por favor, olvidarte de lo que ha pasado esta noche?

¿Olvidarse de que tenía un hijo? ¿Olvidarse de volver a verla, volver a tenerla en sus brazos? Había hecho que se sintiera tan unido a ella en el plano espiritual que su soledad de seis años se había evaporado. ¿Olvidarse de que, a pesar de todo lo que sabía de ella y de lo que la gente decía, parecía tan indefensa e inocente que sentía deseos de cuidarla? ¿Olvidar que había comenzado a confiar en ella de nuevo y que lo había decepcionado? A pesar de la furia que sentía, estaba loco de deseo por ella. ¿Cómo podía sentirse así cuando acababa de enterarse de que tenían un hijo y de que ella pretendía ocultárselo para siempre?

Era tan egoísta y tenía tanta falta de escrúpulos como su madre, pero su corazón y su cuerpo se negaban a creer lo que su mente sabía de ella.

–Hubiera dado lo que fuera porque aceptaras a Noah, cualquier cosa. Esperé y esperé una palabra de tu parte. Fue un infierno. Así que ahora no me importa cómo te sientas porque no me fíe de ti. ¿No te das cuenta? Tengo que hacer lo que sea mejor par Noah.

–Muy bien, así que tú eres la digna de confianza. Ibas a impedir que tu hijo conociera a su padre. ¿Cómo se sentiría si llegara a saberlo?

Ella retrocedió hacia la puerta.

–Voy a vestirme. Quiero que me lleves a casa de la señorita Jennie.

Lo definitivo en el tono se le clavó como un cuchillo. Pero se negó a reaccionar, a demostrarle el daño que le hacía con su indiferencia.

–Muy bien, pero hablaremos mañana. No te atrevas a marcharte de Yella antes de que lo hagamos. Porque si te vas, te pondré las cosas muy difíciles. Iré a Austin y les contaré a los benefactores que te ofrecen su dinero lo que la gente de este pueblo piensa de ti.

–¿Y por qué harías una cosa así?

–Noah también es mi hijo.

–¿Por qué haces esto? Seguro que no lo quieres.

–Te equivocas –se puso de pie de un salto, lleno de ira–. No sabía que existía, pero, ahora que lo sé, tendrás que atenerte a las consecuencias, igual que yo. Puedo hacer mucho por él. Y por ti.

–No quiero que formes parte de mi vida.

Pero él sí quería que Noah y ella formaran parte de la suya.

–Pues es una lástima, porque Noah tiene dos progenitores.

Cuando ella lo dejó por Vernon, sintió que se moría. Y siguió siendo un muerto en vida en su matrimonio con Lizzie. Se refugió en el trabajo para olvidarla y, cuando Lizzie murió, en la bebida, para no afrontar el sentimiento de culpa y de vacío que lo invadían ni la insana necesidad de ir a buscar a Maddie.

Al verla aquella mañana en el río, le había parecido que el mundo renacía.

–Todo esto me hace tan poca gracia como a ti –dijo él gritando mientra ella salía corriendo. La siguió con la intención de calmarla un poco, antes de volver a tenerla entre sus brazos, pero ella se volvió, y lo que le dijo lo dejó mortalmente herido.

–Estoy prometida en matrimonio a un hombre maravilloso. Se crio en un entorno tan pobre como el mío, por lo que me entiende. Es profesor y se le dan muy bien los niños. Greg nunca me abandonará ni me rechazará como lo hiciste tú, y ya considera a Noah su hijo.

–Entonces, ¿por qué demonios te has acostado conmigo?

–Han sido las hormonas. Un inmenso error. Llévame a casa y no te inmiscuyas en nuestras vidas.

–Lo que me pides es imposible. Y, por cierto, ¿dónde está el anillo de compromiso?

–No hemos formalizado el compromiso todavía.

Corrió a la habitación y cerró la puerta de un portazo.

***

La luz de la luna iluminaba su cuarto cuando Maddie se tumbó en la cama donde habían hecho el amor poco tiempo antes y donde había sido tan feliz.

¿Acaso la había ido a buscar cuando Vernon le había hecho daño? ¿La había rescatado como un caballero de brillante armadura? ¿Había dudado en algún momento de la historia de su madre? ¿Había intentado buscarla?

Sus antiguas dudas e inseguridades la habían asaltado de nuevo.

Cuando había visto que Cole se había enterado de lo de Noah se había sentido confusa y asustada, incapaz de enfrentarse a él y hablarle de su hijo. Se sentía vulnerable después de hacer el amor con él, porque se había dado cuenta de cuánto lo seguía queriendo. Así que, ante la ira de Cole, se puso a la defensiva. Y al enfurecerse lo había estropeado todo.

Pero no estaba dispuesta a consentir que Cole entrase en su vida. Cole no había estado a su lado cuado más le había hecho falta.

Así que Noah y él ya no lo necesitaban.

¿Qué demonios hacía Maddie en el piso de arriba? ¿Estaría tan alterada y confusa como él?

Cole subió las escaleras, apesadumbrado, y se

detuvo ante la puerta cerrada del dormitorio a esperar que ella se vistiera. Cuando Maddie salió, se dirigió a las escaleras sin mirarlo ni hablarle. Al bajar se encontró la linterna de Maddie en uno de los escalones y se la metió en el bolsillo.

Ninguno de los dos habló en la camioneta de camino a casa de la señorita Jennie. Cuando llegaron, él se apresuró a bajarse para abrirle la puerta.

Ella no se movió y comenzó a rebuscar en el bolso.

–¿Buscas algo?

–La linterna. Se me ha debido de caer.

Él se la sacó del bolsillo.

Ella descendió de un salto y se la quitó.

–No hace falta que me acompañes a la puerta –le espetó.

Le dio la espalda y, sin volverse a mirarlo, entró en la casa y cerró la puerta.

–Si crees que esto se ha acabado, estás muy equivocada –masculló él–. Noah es mi hijo, no el de Greg. Recurriré a la prueba de ADN y a todo el sistema legal para quedarme con él.

En cuanto salió el sol, Cole se levantó y preparó café. Tenía un terrible dolor de cabeza y ardía de impaciencia. Fue a correr un rato antes de dirigirse a casa de la señorita Jennie.

Llamó a la puerta y, cuando esta se abrió, Cinnamon llegó corriendo y ladrando desde el porche de la parte de atrás. Apoyándose en unas muletas, la señorita Jennie le sonrió mientras el perro entraba en la vivienda.

–Buenos días, Cole. Supongo que has venido a ver a Maddie.

–Así es.

–Está duchándose. La pobrecita está pálida como una muerta esta mañana, y tiene mal aspecto. Creo que no ha dormido mucho. Pero entra, si no te importa esperarla.

Cole se quitó el sombreo.

–No me importa –dijo él mientras entraba.

–Hay café recién hecho en la cocina. O si prefieres un refresco, hay en la nevera. ¿Me abres una tónica para mí? Podemos charlar en la cocina mientras esperamos a Maddie, o sentarnos en el porche.

–Donde se esté más fresco.

–En la cocina. Está puesto el aire acondicionado.

Cole se sirvió una taza de café y sacó una tónica para la señorita.

–Con las muletas, no me las arreglo para sacar algo de la nevera. No tengo suficientes manos. Maddie ha sido muy amable al venir aquí para ayudarme en cosas pequeñas como esa. Da de comer a Cinnamon, riega las plantas, pone la lavadora... Estoy orgullosa de lo que ha progresado.

El asintió cortésmente. Sentía un enorme respeto por la señorita, que había sido su profesora de Inglés y la de Maddie.

–No sabía que tú y Maddie fuerais amigos cuando ella vivía aquí. Nunca me habló de ti hasta la terrible noche en que vino a decirme que tenía que marcharse del pueblo. Esa noche me contó muchas cosas de ti. Y lloró mucho porque le parecías fuera de su alcance. Le dije que te llamara y que te diera una oportunidad. Pero eso hizo que llorara aún más. Me contó que ya te había llamado y que le habías dejado muy claro que no querías tener nada que ver con ella.

–No pude hacer nada por animarla. Me pidió que la ayudara a salir del pueblo porque tenía miedo de acabar como su madre. Y eso hice. ¿No te parece que ha mejorado mucho?

–En efecto –masculló él.

En ese momento, Maddie entró en la cocina.

–Hola, Cole.

Él se levantó con torpeza. Había olvidado lo que quería decirle, después de la sorprendente revelación de la señorita.

No tenía sentido que Maddie hubiera ido a verla la noche en que se había fugado con Vernon. Y la señorita le había confirmado que lo había llamado. ¿Qué significaba que hubiera estado llorando inconsolablemente por él y que, sin embargo, se hubiera marchado con Vernon?

–Tenemos que hablar –dijo él.

–No tengo mucho tiempo –contestó ella en tono seco–. La señorita Jennie me necesita.

–Yo estoy aquí muy bien con mi tónica y mi periódico. Sacad a Cinnamon al jardín y hablad.

Así lo hicieron. Una vez en el jardín, Maddie se volvió hacia él con los labios apretados.

–No tenemos nada que decirnos.

–¿Por qué no empezamos por el hecho de que tengo un hijo de seis años al que no conozco? –preguntó él en voz baja–. Quiero verlo. En cuanto consideres que Noah está preparado, quiero conocerlo.

–Va todo tan deprisa que no puedo pensar. Lo único que sé es que no estuviste conmigo cuando te necesité. Tenemos una vida al margen de la tuya. No ha sido fácil. Me has dicho que puedes hacer mucho por Noah, pero el hombre con quien me voy a casar cuidará de nosotros.

–Noah sigue siendo hijo mío. Y quiero conocer a ese hombre que va a desempeñar un papel tan importante en su vida.

Maddie vio por el rabillo del ojo que el visillo de la ventana de Bessie se movía.

–Si alguna vez sentiste algo por mí, sigue con tu vida, por favor. Me ha ido bien sin ti.

–Pues a mí no tanto. Quiero respuestas. Llevo seis años creyendo que me dejaste plantado por Vernon. Y la señorita me acaba de decir que viniste a verla justo antes de marcharte de Yella.

–La señorita no debería haberte hablado de mí.

–Pues me ha dicho que le hablaste de nosotros, que llorabas y que tenías un problema. Si es cierto, espero que algún día te fíes de mí y me lo cuentes.

–Ya es tarde –afirmó ella en un tono apenas audible.

–¿Por qué le hablaste de mí si ibas a huir con Vernon? ¿Qué pasó aquella noche?

–Voy a casarme con Greg, por lo que nada de eso importa –dijo ella con expresión dolorida.

–Tenemos un hijo. Quiero saber lo que pasó.

–No puedo revivirlo.

–No te lo estoy pidiendo. Solo quiero que me lo cuentes.

Ella se negó a mirarlo y se mordió el labio inferior.

–¿Por qué te acostaste conmigo anoche?

–Porque soy débil, como mi madre.

–Puede que ayer me lo creyera, pero ya no. Creo que te marchaste porque te sucedió algo terrible, porque estabas asustada y te sentías impotente. Una mujer que ha estudiado y criado a un hijo a la vez, que tiene un trabajo decente y que va a casarse con un profesor, no es débil. Quiero que me digas la verdad.

Ella contuvo la respiración.

–Muy bien. La verdad es que acostarme contigo anoche fue un error lamentable.

–Pues para mí fue la primera cosa buena que me ha pasado en seis años.

Había sido mala suerte que hubiera leído las cartas justo después y que hubiera tenido que enfrentarse a ella con motivo de su hijo. Hubiera sido mucho mejor haber consolidado la relación antes de tratar asuntos tan graves.

–No me lo creo. Eres un Coleman, y yo, la hija de Jesse Ray.

–¿Quieres dejar de usar lo que todo el mundo utiliza? Sabes que eres mucho más que eso.

Se le acercó y la abrazó.

–Aunque no quieras estar ahora entre mis brazos, encajas perfectamente en ellos.

Cuando ella trató de soltarse, él la abrazó con más fuerza.

–No me lo pongas más difícil, Cole.

–Bésame. Vas a tener que demostrarme que lamentas haberte acostado conmigo ayer. Ahora sí creo que me llamaste la noche en que te fuiste y que mi madre te dijo algo terrible. No sé por qué no lo reconoce. Imagino que se dio cuenta de la profundidad de mis sentimientos por ti y que tuvo miedo de enfrentarse conmigo, porque pensó que te elegiría a ti. Es indudable que cree que actuó por mi propio bien. Quiero que confíes en mí y que me cuentes lo que sucedió esa noche.

–Es algo horrible.

–Tal vez te sería más fácil soportarlo si me lo contaras.

–No creo.

–Sé que te fallé, y lo siento.

–No sé a quién crees, si a mí o a los del pueblo.

–Si me lo cuentas, tendré más argumentos contra las habladurías de los del pueblo.

Ella suspiró.

–Soy tonta –murmuró apoyando la cabeza en su pecho–. No debería hacer caso de lo que me dices, sobre todo cuando me abrazas. Soy incapaz de pensar.

–El tonto soy yo. No debí haberme casado con Lizzie porque te hubieras ido. Tenía que haberme marchado yo también e ir a buscarte.

–Puede que eso hubiera empeorado las cosas. Ya sabía que estaba embarazada. Mi vida era un desastre. Estaba desesperada y me esforzaba por empezar de nuevo. No sería quien soy si algo hubiera sido distinto. Pero todo eso ya pasó.

Él le acarició el pelo.

–Lamento que tuvieras que hacer frente a todo sola. Pero ahora estoy aquí, y quiero que te cases conmigo en vez de con Greg.

–¿Qué? No sabes lo que dices. Es imposible.

–¿Por qué? Noah es mi hijo.

–Pero tú eres un Coleman, y yo soy quien soy. Casarnos supondría planear una vida juntos. Llevamos seis años sin vernos, por lo que, ahora, realmente no nos conocemos. ¿Qué tenemos en común aparte del pasado?

–A Noah. Ayer por la noche. Química.

Ella se sonrojó.

–Mi madre arruinó su vida porque el deseo la llevó a realizar elecciones terribles. Además, está tu madre, que me odia.

–Cambiará de opinión, o no verá mucho a su hijo ni a su nieto.

–Pero la condena de su abuela podría dañar a Noah. No quiero que sufra por lo que diga la gente del pueblo. Las personas pueden ser muy crueles. Tú no lo sabes porque no tuviste que sufrir lo que yo.

–Le daré mi apellido y mi protección. Eso le supondrá una ventaja en el futuro, pues la gente de aquí lo tendrá muy en cuenta.

–Pero habrá algunos que apoyen a tu madre, sus

amigos, incluso Adam. Y harán que me sienta como me sentía cuando vivía aquí. Quiero olvidar el pasado.

–No tenemos que vivir aquí. Y te equivocas sobre Adam. Aunque discrepamos en muchas cosas, le caes bien. Cuando me dijo lo guapa que estabas, volví a Yella a toda prisa.

–¿En serio?

–Vine exclusivamente a verte –la abrazó con fuerza–. Perdóname por todo lo ocurrido en el pasado.

Se inclinó y le lamió el lóbulo de la oreja.

–¡Para! No puedo pensar si me haces eso –susurró ella–. Y tengo que pensar.

–No, ya has pensado demasiado. Los sentimientos también cuentan. Creo que anoche nos acostamos porque nos deseábamos tanto que no pudimos evitarlo.

–En mi vida, el deseo ha sido una fuente de destrucción.

Él le puso lentamente el cabello detrás de la oreja.

–Bueno, acepto el deseo en su justa medida, no el que destruye. No he podido olvidarme de ti porque me importas mucho.

–No me lo creo.

–Eso es porque, después de lo que has sufrido, tienes miedo. Pero si me das otra oportunidad…

–Te sientes solo a causa de Lizzie.

–He estado solo desde que te fuiste, incluso después de casarme con ella.

–No lo has pensado bien. ¿No te das cuenta de que no funcionaría?

Ella se llevó la mano a la garganta. Él la enlazó con la suya y le besó los nudillos suavemente. Maddie se estremeció.

–Tendremos que hallar la forma de que funcione.

Cuando ella lo miró a los ojos, los suyos brillaban de miedo y esperanza a la vez.

–¡Déjame marchar! –le rogó.

Él inclinó la cabeza tan deprisa que ella no pudo evitar que la besara en la boca. Cuando le introdujo la lengua, ella jadeó.

–Tienes que romper con Greg –murmuró él–. Sabes que ese matrimonio está condenado, cuando es a mí a quien quieres, al menos en la cama.

–No me importa.

–Pues debería. Puedo explicarte algunas cosas de lo que supone casarse por razones equivocadas e intentar que funcione.

–Ese argumento no se sostiene, ya que tú y yo nos casaríamos por razones equivocadas. Yo ya tengo un plan perfecto que...

–Yo también tenía planes, pero la noche que hemos pasado juntos los ha hecho pedazos.

–No aceptaré un matrimonio sin amor.

–Nos casaremos por amor, por amor a nuestro hijo.

–Ni siquiera lo conoces.

–Es hijo mío. Y quiero que sea legítimo. Creo que eso será importante para ti, ya que tus padres no se casaron, y la gente despreciaba a tu madre por eso.

–Juegas sucio.

–Cuando tengo que hacerlo. Es muy sencillo: vuelve a Austin y háblale a Greg de mí. Di que estás confusa y que necesitas tiempo. Mientra tanto, preséntame a Noah como un buen amigo tuyo para prepararlo para que me acepte como tu esposo y su padre. Poco a poco iremos solucionándolo todo, juntos.

–No.

–Quiero ofrecerle a Noah una vida estable.

–¿Crees que yo no?

–Pues estamos de acuerdo en lo fundamental. Los dos deseamos los mejor para nuestro hijo y los dos nos deseamos mutuamente.

–No me quieres.

–Ni tú tampoco, pero no me quejo. Solo te pido que te cases conmigo.

–Eres imposible… arrogante…

Él sonrió mientras esperaba a que ella acabara de enumerar sus muchos defectos.

–Pero quiero casarme contigo, cuidarte y compensarte por los seis años en que os he tenido abandonados a ti y a Noah.

–No me quieres –repitió ella.

Tal vez fuera así, pero no iba a dejarla escapar otra vez después de la noche anterior. Y no quería que otro hombre fuera el padre de Noah; él ya era libre de casarse y reclamar a su hijo.

Mientra continuaba abrazándola y miraba su hermoso rostro, la recordó entre sus brazos la noche anterior. De pronto, se sintió cansado de discutir. Y volvió a maravillarle la facilidad con la que ella lo excitaba, y viceversa.

–Puede que no te quiera, pero me gustan muchas cosas de ti. Eres demasiado hermosa para discutir contigo, y me excitas mucho.

–¿Qué?

–Puesto que todos aquí creen que me sedujiste en la poza bañándote desnuda, ¿por qué no vamos ahora y lo haces de verdad?

—¿Ahora? Estamos en plena discusión. ¿Lo dices en serio?

Aliviado al ver que no se negaba, le echó la cabeza atrás y apretó su cuerpo contra el de ella para que notara su excitación.

–¿Ves lo que me haces? –susurró él antes de besarla larga y apasionadamente–. Lo digo muy en serio.

–Pero estábamos hablando de casarnos. No puedes cambiar de tema…

–¿Quién ha cambiado de tema? Todo lo que hacemos juntos me excita, lo que demuestra lo bien que nos los pasaríamos estando casados.

–Es probable que Bessie nos esté observando.

–¿Y qué? Como de todos modos van a hablar de nosotros, más vale que les demos un motivo, ¿no te parece? –dijo Cole echándose a reír.

Ella intentó disimular una sonrisa.

–Que no me pueda enfadar contigo no significa que vaya a casarme contigo.

–Yo tampoco puedo enfadarme contigo, lo cual es una buena señal para dos personas que están pensando en casarse.

Maddie sonrió.

–¿Tienes fotos de Noah?

Ella asintió. Se sacó el móvil del bolsillo y las buscó.

–Aquí están –dijo entregándole el teléfono.

Noah parecía un niño normal y feliz en todas las fotos. Tenía el pelo negro y los ojos verdes, unos ojos que le llegaron al fondo del alma a Cole. Su hijo era su vivo retrato cuando él tenía esa edad.

En una de las fotos se lo veía corriendo hacia unos columpios con los cordones de las deportivas desatados.

En otra foto, Noah estaba en el tejado de una casa de juguete con una sonriente niña rubia a la que le faltaba un diente. El niño la miraba con adoración.

–Se ha enamorado –susurró Cole.

–Se llama Missie. Y tienes razón. Cuando me dijo que le había quitado una araña de la ropa, no me lo podía creer. Noah odia las arañas.

En otra foto, Noah estaba colgado por los pies de un árbol como un murciélago sonriente mientras Missie le sonreía.

Fue pasando fotos hasta encontrar una en la que Noah estaba en una cama de hospital con el brazo escayolado.

–¿Qué le pasó?

–Se rompió el brazo en la escuela echando una carrera a otro niño en el recreo. Al día siguiente ya había aprendido a hacerlo todo con una mano. Solo se quejó cuando el médico le colocó el brazo en la posición correcta para escayolárselo. Y una mañana se puso a filosofar, cuando estaba en la cama conmigo, sobre lo fácil que era romperse un brazo.

–¿Duerme contigo?

–No, pero muchas mañanas viene a que le haga mimos antes de que suene el despertador.

Su hijo era duro, pero afectuoso. Cole se llenó de orgullo y de otro sentimiento más difícil de definir.

Miro a Maddie. Era la madre de su hijo. ¿Por eso sentía esa emoción por ella?

–Tengo que irme –dijo ella.

–Hace muy buen día para bañarse.

–Tengo que ocuparme de la señorita Jennie. Ella es el motivo de mi estancia aquí.

–Llámame si cambias de idea. Como nunca nos hemos bañado en cueros, me parece que ya es hora de que te ganes tu mala reputación.

–Eres incorregible –susurró ella sonriendo.

–Llámame si quieres ir a bañarte –repitió él mientras le acariciaba el brazo con los nudillos. Ella se estremeció.

–Primero tratas de convencerme de que me case contigo; después tienes la desfachatez de invitarme a bañarnos desnudos. Pues ninguna de las dos cosas va a suceder.

Capítulo Seis

¿Qué le ocurría? ¿Qué misterioso poder ejercía Cole sobre ella?

Maddie estaba húmeda y caliente a la vez mientras él la devoraba con los ojos y le bajaba los vaqueros y las braguitas.

El sol se colaba entre las hojas de los árboles que los rodeaban iluminando la manta que Cole había echado descuidadamente sobre la hierba a la orilla de la poza.

¿Por qué sucumbía tan fácilmente a cualquier sugerencia libertina que él le hiciera? ¿Cómo podía hacerlo cuando se jugaba el futuro de Noah? ¿No tenía voluntad? ¿Estaba Cole en lo cierto al afirmar que casarse era lo mejor para el niño?

Cole se quitó la ropa y la puso sobre la de ella en una roca. Cuando la tomó en sus brazos, ella se estremeció y se pegó a él. Las cálidas manos masculinas descendieron por sus hombros y se abrazaron a su cintura. Después, la tumbó suavemente en la manta y la cubrió con su poderoso cuerpo.

La acarició suavemente hasta que ella, loca de deseo, levantó las piernas y le pidió que la tomara. Tenía el cuerpo tenso, pero él la hizo esperar, hizo que le rogara mientras la besaba y la acariciaba. Por fin, cuando a ella le parecía que estaba a punto de explotar, sonrió y deslizó su cuerpo por el de él para ocultar el rostro en su sexo. Ella gritó de placer cuando le acarició con la lengua sus secretos pliegues y después se introdujo entre ellos.

–Tómame –susurró ella.

–Paciencia, amor mío.

Valiéndose de la boca y de su lengua de terciopelo, pronto consiguió que ella se derritiera de placer. En vez de sentirse violada y maltratada, como se había sentido durante muchos años, se sintió adorada.

–Eres hermosa –susurró él–. La mujer más hermosa que he conocido. Y hueles muy bien.

Ella se sintió hermosa, vibrante y resplandeciente.

La lamió a ritmo lento hasta que ella estuvo a punto de estallar al menor movimiento de su lengua. Cuando el placer le resultó insoportable, cuando estaba a punto de alcanzar el clímax, él se detuvo.

–¡No!

–¿No, qué?

–No pares.

–¿Quién ha parado?

Se colocó encima de ella y la penetró profundamente. Ella se arqueó para ir a su encuentro y alcanzó el clímax mientras gritaba su nombre.

–Eres mía –afirmó él con voz ronca.

Impulsado por su ferviente deseo, comenzó a moverse dentro de ella cada vez más deprisa, con tanta fuerza que la dejó sin aliento. Después de la dulzura anterior, a ella no le importaron su fuerza y su pasión. Él comenzó a respirar agitadamente y a susurrarle al oído mientras la conducía a otra gloriosa explosión.

Después, la miró con ojos sensuales y tiernos. Los de ella estaban llenos de lágrimas. ¿Por qué se sentía tan segura en sus brazos?

Él le acarició los senos con la punta de los dedos, y los pezones volvieron a endurecérsele. Saciada, ella le sonrió.

«La realidad no es esto», se dijo. «No puedo pensar en casarme con él, sobre todo porque lo que me propone es sexo y el reconocimiento legal de Noah. Austin, mi trabajo y mi hijo: eso es la realidad».

La experiencia le había enseñado que no podía fiarse de Cole. Greg era real y consecuente. Y siempre estaría a su lado. Y no había diferencia de riqueza ni de clase social que los dividiera. Cole era pura fantasía.

De todos modos, era muy agradable estar satisfecha en sus brazos mientras la brisa estival le acariciaba el cuerpo. Era agradable acariciarle el pelo al tiempo que, más allá de los árboles, veía el cielo azul.

Más tarde, ella se dio cuenta de que Cole le había escondido la ropa y que no pensaba dársela hasta que se bañara desnuda con él.

–Estoy dispuesto a hacer que estés a la altura de tu reputación –bromeó.

Mientras nadaban en el agua cristalina, el tiempo pareció retroceder, al igual que los muros que protegían el corazón de ella. Volvió a sentirse joven y despreocupada, y feliz como nunca lo había sido de niña.

Cole se subió a un ciprés y se lanzó desde él al agua, a pesar de que ella le rogó que no lo hiciera. Nadó hacia ella riéndose y le acarició y le miró los senos como si nunca hubiera visto nada que lo atrajera más, y ella se sintió deseada con una intensidad imposible de expresar en palabras.

Ojalá el tiempo se detuviera. Sonrió mientras sus manos descendían por el cuerpo de Cole y atrapaban su masculinidad y la guiaban hasta su interior, más cálido y, en cierto modo, más húmedo que el agua.

Ahogó un grito cuando él la abrazó y se introdujo en ella más profundamente. Se abrazaron con fuerza mientras él se movía cada vez más deprisa, hasta que alcanzaron el clímax.

Cuando volvieron a respirar normalmente, nadaron, sin hablar, uno al lado del otro, mirando las nubes entre las ramas. Después, se vistieron y fueron a buscar puntas de flecha.

–Sassy llega esta tarde –dijo ella cuando se montaron en la camioneta–. Así que esto es una despedida, porque volveré a Austin en cuanto haga la maleta.

–¿Por qué no me lo habías dicho?

–Porque temía que volvieras a presionarme.

Él le agarró la mano y se la llevó a los labios.

–¿Le hablarás de nosotros a Greg?

Ella vaciló.

–Necesito tiempo.

–Cuando quiero algo, no soy paciente –la besó con fuerza en la boca–. Juan no deja de llamarme. Tengo que volver al pozo dentro de unas horas. Si las cosas van como espero, dentro de una semana estaré libre y podré ir a Austin.

–No es buena idea.

–No, ya que quieres aplazar esto eternamente –le besó la punta de la nariz y la atrajo hacia sí–. Cuanta más prisa nos demos en resolver el futuro de Noah y el nuestro, mejor.

Ella le acarició la mandíbula.

–No puedo casarme contigo.

–Me parece una respuesta inaceptable.

Llamaron a la puerta de la caravana. A Cole, que no había hecho progreso alguno con Maddie desde que se habían ido de Yella, le dolía mucho la cabeza. Se levantó con el móvil pegado a la oreja.

Al abrir la puerta, el ruido y el olor a petróleo lo golpearon. Juan le dijo que quería hablarle.

–Dame dos minutos –contestó Cole volviendo a cerrar la puerta–. ¿Cuándo vas a hablarle a Greg de mí? –le preguntó a Maddie.

–Cuanto más pienso en tu propuesta, menos me convence. Aquí tengo mi vida, de la que no formas parte. No quiero tener nada que ver con Yella ni con el pasado, y tú formas parte de los dos.

–Noah es mi hijo. No toleraré que otro hombre haga de padre.

–Es que no puedo prescindir de ese hombre. Esta semana tenemos la fiesta anual para recaudar fondos. Greg se ha ofrecido a cuidar de Noah esa noche. Y el niño lo está deseando.

A Cole le rechinaron los dientes. No podía solucionar nada por teléfono.

Al cabo de un silencio prolongado, ella dijo:

–¿Cómo van las cosas en el pozo?

–Lentas, pero no ha habido accidentes, y parece que el pozo es productivo.

–Eso es estupendo.

–Cuando acabe aquí, iré a Austin.

–Ya te he dicho que no es buena idea. Lo mejor será que olvidemos lo sucedido en Yella.

–¿Te has vuelto loca?

¿Olvidarse de lo maravilloso que era dormir con ella? ¿Olvidarse de Noah?

Odiaba no poder verla ni tocarla. Quería abrazarla y volver a hacerle el amor para convencerla de que se casase con él.

–Tengo otra llamada. Voy a colgar.

–¿Es Greg?

Ella no lo negó. Cuando colgaron, Cole estaba celoso. Abrió una tónica con tanta fuerza que se la derramó por encima, y salió al encuentro de Juan.

Estaba perdiendo a Maddie. Debía ir a Austin para convencerla.

No aceptaría que Greg lo sustituyera como padre.

Estaba dispuesto a enfrentarse a su familia y a todo aquel que pusiera pegas a su matrimonio.

No quería que su hijo creciera como Adam, resentido por ser ilegítimo. Al dar a Noah su apellido, le ofrecería lo que Maddie afirmaba que era lo más valioso para ella: la respetabilidad y el sentimiento de pertenencia que nunca había tenido.

Tenía que ir a Austin lo antes posible.

Cole entrecerró los ojos para ver el número de las casas mientras recorría la calle de Maddie por segunda vez. Era un barrio de clase obrera, pero decente. Dos niñas iban en bicicleta por la acera y dos niños jugaban al fútbol.

Al menos había críos para que Noah jugara.

Debiera haber telefoneado antes de ir, pero había salido con mucha prisa. No le gustaba haber vuelto a dejar a Juan al mando del pozo, pero su prioridad era ver a Maddie cuanto antes, ya que se hallaba en juego el futuro de Noah.

Se sintió culpable al pensar que Maddie y Noah habrían vivido en barrios mucho menos agradables que aquel. Si hubiera contestado sus llamadas o leído sus cartas… Pero no podía cambiar el pasado. Lo que sí podía hacer era hacer lo correcto en aquel momento. Y lo haría.

Un pequeño todoterreno con una canoa en la baca lo adelantó y aparcó frente a una encantadora casa blanca. Cole leyó el número y vio que era el de Maddie.

Un hombre alto, ancho de espaldas y de cabello rubio saltó del vehículo y se acercó corriendo a la puerta principal.

Si era Greg, la llegada de Cole no podía haber sido más inoportuna.

Aparcó al otro lado de la calle y vio que un niño de pelo oscuro abría la puerta y sonreía, agarraba al hombre de la mano y tiraba de él hacia dentro.

Ver a su hijo dando la bienvenida a otro hombre empeoró su estado de ánimo. Impaciente, se preguntó qué hacía Greg tanto tiempo en la casa.

Cuando estaba a punto de bajarse de la camioneta e ir a llamar a la puerta, esta se abrió. Maddie, con camiseta roja, pantalones cortos blancos y sandalias, salió con Noah de la mano. Greg cerró la puerta y los siguió.

Al ver a Cole, Maddie se quedó petrificada.

Él sintió una mezcla de ira y deseo. Estaba preciosa. Cole se obligó a saludarla con la mano de forma despreocupada.

Maddie tiró de su hijo hacia el todoterreno. Greg abrió las puertas y se montaron. Cuando el coche arrancó, Cole lo siguió.

El móvil emitió un pitido casi inmediatamente. Ella le había mandado un mensaje: «Vamos al lago. Te llamaré cuando vuelva a casa. ¡No nos sigas!».

¿Qué le pasaba? Estaba tan fuera de control como un adolescente enamorado. Enfermo de celos.

Siguió detrás del coche de Greg.

Este aparcó cerca del agua. Él se detuvo a cierta distancia y observó que Maddie y Greg bajaban la canoa y la llevaban al lago mientras Noah caminaba a su lado alegremente. Hicieron varios viajes de vuelta al vehículo para sacar los salvavidas, los remos, el termo y la nevera portátil. Maddie miró enfadada un par de veces en su dirección.

Mientras cargaban la canoa, Noah se puso a buscar entre las rocas y a llenarse los bolsillos con lo que hallaba. De niño, a Cole también le fascinaban las rocas, y se pasaba horas buscando fósiles y puntas de flecha.

No conocía a su hijo, pero ya le recordaba a sí mismo.

Cole siguió la canoa andando por la orilla del lago hasta donde pudo. No estuvieron en el agua mucho tiempo, tal vez porque Noah se movía constantemente y hacía que la canoa se balanceara. Greg no pareció molestarse por tener que volver. Era una joya. Volvieron a cargar todo en el coche. Después, Greg compró alimento para pájaros para que Noah diera de comer a las palomas. Luego salió corriendo a un cercano parque infantil.

Maddie y Greg lo siguieron y se sentaron en un banco para vigilarlo mientras jugaba. Cuando se cayó, Greg lo levantó y, después de secarle las lágrimas, se lo subió a los hombros para que viera jugar a los demás niños.

Incapaz de seguir mirando, Greg volvió a la camioneta. Se montó, cerró de un portazo, arrancó bruscamente y se fue a toda velocidad en busca de un bar.

Pensar en Noah en abstracto había sido más fácil que verlo con Greg y darse cuenta de que el niño tenía seis años y establecía vínculos afectivos con otras personas.

Seis años. Había perdido seis malditos años. ¿Podría compensarlo de alguna manera? Una cosa era segura: no iba a renunciar a los años que le quedaran con su hijo.

Se metió en el primer bar que encontró y pidió un whisky doble, que le sirvieron antes de que recordara la promesa que había hecho de no beber. Había conseguido dejarlo tras haberse dado a la bebida después de la muerte de Lizzie.

Apartó el vaso y le pidió al camarero que lo sustituyera por una tónica. Se la tomó, a pesar de que lo que realmente le apetecía era el whisky.

Maddie lo llamó mientras estaba cenando. La terraza del restaurante del hotel daba al lago. Si se cansaba de mirarlo, había una rubia, que también estaba sola, sentada a la mesa de al lado, que no dejaba de sonreírle.

–Te pedí que no me siguieras –dijo Maddie.

–¿Le has hablado de mí?

–Iba a hacerlo, pero no podía pensar con claridad estando Noah presente y tú observándonos. Además, Greg había tenido un mal día en la escuela, y necesito que se quede con Noah el día de la recogida de fondos.

–Tenemos que hablar lo antes posible.

–Tengo una semana difícil. La fiesta para recaudar fondos es fundamental para la continuidad del centro de acogida.

Él pensó que le estaba poniendo excusas.

–Después de ver a Noah con Greg, me he dado cuenta de todo lo que me he perdido. Y no quiero perderme nada más. Cuanto antes nos casemos, mejor.

–Mira…

–¿Comemos juntos mañana?

–No puedo. Estoy ocupada.

–¿Con Greg?

–Sí. No sabía que ibas a venir.

–¿Más tarde, entonces?

–Mañana estaré ocupada todo el día en el trabajo. Por la tarde es la fiesta.

Se despidieron y, después de colgar, Cole se preguntó qué podía hacer para que ella cambiara de idea sobre su proposición de matrimonio.

Nita Stark era una gran conversadora, muy temperamental, pero también era una importante donante, por lo que Maddie no se atrevió a meterle prisa mientras hablaba con ella por teléfono, a pesar de que necesitaba colgar.

Cuando finalmente lo consiguió, eran las doce y diez. Tenía sed y tenía que pintarse los labios y peinarse antes de llevar a cabo la visita guiada por el centro de acogida que llevaba a cabo cada dos semanas. Era una manera de informar a la comunidad del cometido del centro. Después había quedado con Greg. Agarró el bolso y salió deprisa del despacho.

Antes de llegar a la puerta, donde George, su joven voluntario preferido, la esperaba, oyó risas procedentes de la sala de visitas.

«Qué raro», pensó.

George le abrió la puerta y Maddie vio a Cole.

–Ya está aquí –anuncio George al grupo de mujeres que se reían de algo que había dicho Cole–. Esta es la señorita Grey, que les guiará en la visita del centro.

Cole aplaudió.

–Perdón por el retraso –se excusó Maddie, sofocada, mientras Cole la taladraba con la mirada.

¡Maldito fuera! Le había dicho que no podría hablar con él ese día.

En general, los grupos de visitas estaban formados por mujeres mayores, de clase media o alta, que estaban pensando hacer voluntariado. En aquel momento, la atención del grupo estaba centrada en Cole en vez de en ella.

Maddie comenzó a hablar del centro, pero, como Cole la ponía nerviosa, se olvidó de decir muchas cosas. Él, que debía de haber buscado información sobre el centro, le hizo muchas preguntas.

–Creía que en sitios como este solo se ayudaba a drogadictos y prostitutas.

Ella sonrió forzadamente.

–Todo el mundo aquí tiene que hacerse un análisis para ver si consume drogas. Estamos asociados a las mejores instituciones de la ciudad, que ayudan a las personas de este centro a buscar trabajo, a desintoxicarse y a enderezar sus vidas. Eso no lo hacemos nosotros.

–¿Qué porcentaje de clientes salvan ustedes? Seguro que es muy pequeño.

Lo era, pero constituía un punto de partida.

–No tal alto como quisiéramos –reconoció ella. Molesta, miró el reloj–. Me parece que se nos ha hecho un poco tarde, así que, si hay más preguntas, las contestaré después de la visita.

Él se echó a reír.

Furiosa, realizó la visita a toda prisa mientras las mujeres seguían con la atención fija en Cole.

Sin hacerle caso, se despidió de las señoras y se dirigió a su despacho. Cole corrió tras ella y entró en la minúscula habitación antes de que Maddie cerrara la puerta.

–Estoy trabajando, no tengo tiempo para juegos.

–¿Quién está jugando? –Cole se sacó un cheque del bolsillo–. Tu charla ha hecho que extienda un cheque para el centro por una cantidad considerable.

Cuando Maddie vio la generosa suma, se puso tan colorada que creyó que el rostro le iba a estallar.

–Este centro no te importa lo más mínimo.

–Me importáis Noah y tú.

–No puedes entrar aquí haciendo alardes monetarios para coaccionarme.

–Acepta el cheque. Seguro que no puedes rechazar una donación tan grande –murmuró él mientras le dejaba el cheque en la palma de la mano y le cerraba los dedos sobre él–. Tampoco creo que quieras que informe a la junta directiva de que no has tenido tiempo de hablar con tan generoso donante.

Ella apretó los labios y respiró hondo.

–Haré que la junta te mande una carta de agradecimiento.

–Estoy seguro, pero prefiero un agradecimiento más personal.

–Muy bien: gracias –dijo ella mientras metía el cheque en un cajón–. Ya te has divertido. ¿Quieres irte ya, por favor?

–No. Mi intención es conocer a Greg y a Noah antes de marcharme de la ciudad. Creo que Greg no tardará en llegar. ¿O se ha retrasado?

Sonriendo de oreja a oreja, se sentó a esperar. Ella hizo lo propio, aceptando la derrota. Se hizo un tenso silencio.

–Tienes poco tiempo –afirmó él al cabo de unos minutos– así que no lo malgastemos enfadándonos. He venido para convencerte de que te cases conmigo. Tenemos un hijo, y darle mi apellido me parece una razón muy válida.

–No quiero mezclar a mi hijo en nuestra mala relación.

–No será mala.

–¿Esperas que me lo crea después de hoy? No me respetas ni a mí ni a mi trabajo.

–He acudido a una visita guiada. En la página web se dice claramente que puede venir cualquiera.

–Sabes perfectamente a lo que me refiero.

–Si crees que me voy a quedar sentado mientras otro hombre hace el papel de padre de mi hijo, aunque ese hombre sea un dechado de virtudes, es que no me conoces. Noah es mío, y voy a proclamarlo a los cuatro vientos. Me pelearé contigo hasta que te convenza.

Ella lo miró fijamente. Era tan guapo… Su viril presencia llenaba el pequeño despacho de forma tan abrumadora que despertaba su deseo. Si dejaba de oponerse a él, ¿funcionaría su matrimonio? Los dos querían lo mejor para su hijo.

Él extendió el brazo por encima del escritorio y la agarró de la mano. El mero contacto la hizo arder. Trató de soltarse, pero le resultó imposible, por lo que cerró los ojos y contó hasta diez. Al abrirlos, se encontró con los ojos de Cole y siguió teniendo la necesidad de permanecer agarrada a su mano.

–Durante la visita, he sentido celos de ti con esas mujeres –susurró.

–¿De verdad?

–Es ridículo. Y detesto tenerlos, porque los sentía a menudo en la adolescencia. Te perseguían muchas chicas de buena familia, y tú no sabías siquiera que yo existía.

–Perdóname por lo de antes –susurró él–. Me jugaba tanto que he decidido venir.

Ella lo miro confundida por su sinceridad.

–¿Crees que nuestro matrimonio funcionaría a largo plazo?

–Sí, si ambos lo intentamos.

Ella vio en sus ojos ternura y compasión mezclados con un profundo deseo.

–Creo que aquí he creado algo sólido.

–La visita me ha dejado impresionado.

Ella soltó un bufido.

–Ha sido horrible, y tú flirteabas con las señoras. Si me caso contigo, tendré que dejarlo.

–Nadie te pide que lo dejes.

–Soñaba con casarme con alguien que me quisiera. Cuando me convertí en madre soltera, supe que debía ser más práctica. Apareció Greg y creí que nuestra relación podía funcionar. Tú y yo pertenecemos a mundos distintos. Yo no te interesaría en absoluto de no ser por Noah.

–Entonces, ¿por qué volví a verte en cuanto supe que habías regresado a Yella?

–Detesto pensar que no contribuiría a tu vida de ningún modo salvo siendo la madre de tu hijo. Sería una carga para ti.

Él se inclinó y le susurró al oído:

–Te quiero en mi cama. ¿Eso no cuenta?

Ella pensó que la deseaba como todos los hombres de Yella habían deseado a su madre.

Pero ¿por cuánto tiempo? ¿Cómo la vería cuando ya no la deseara? Podía suceder pronto si las personas de su círculo se negaban a aceptarla.

–Si la situación fuera la contraria y yo tuviera a Noah, ¿te casarais conmigo para estar cerca de él?

Se casaría con el diablo para estar cerca de su hijo.

–Basta ya. ¿Qué me dices? ¿Te casarás conmigo?

Antes de que ella pudiera responder, oyó pasos fuertes, y se soltó de la mano de Cole un segundo antes de que Greg irrumpiera en el despacho. Este sonrió avergonzado mientras le entregaba un ramo de mustias rosas amarillas.

–Me temo que las he dejado en el coche toda la mañana, con el calor que hace.

–Gracias, Greg. Hay alguien aquí...

Cuando Greg se volvió hacia Cole, ella se acercó la rosas a la nariz en un intento de ocultar su nerviosismo.

–El señor Coleman ya se iba. Acaba de hacer una donación.

Greg le tendió la mano.

–El centro agradece todas las donaciones, sean grandes o pequeñas. Soy Greg Martin, el prometido de la señorita Grey.

–John Coleman, aunque me llaman Cole.

Se estrecharon la mano.

–¿Se dedica usted a la extracción de petróleo? ¿Es el dueño de Coleman's Landing? He leído sobre usted.

–El mismo. Pero lo más importante es que soy el padre de Noah.

Maddie se sonrojó por una mezcla de culpa e ira antes de que Greg se volviera hacia ella.

–¿El padre de Noah? No es de extrañar que me pareciera que había interrumpido algo importante.

–Nos encontramos por casualidad en Yella la semana pasada –dijo Cole.

–Ahora entiendo por qué has estado tan tensa y poco comunicativa esta semana –afirmó Greg mirando a Maddie.

–Iba a decírtelo –susurró ella.

Greg se volvió hacia Cole.

–Maddie me había dicho que no quería saber nada de Noah.

–No supe de su existencia hasta la semana pasada, cuando nos encontramos en Yella y volvimos a relacionarnos.

–Entiendo –murmuró Greg después de examinar el rostro de Maddie.

Esta estaba muy contrariada. Lo último que deseaba era hacer daño a Greg.

–Greg, es muy complicado para que te lo explique ahora, y si no nos vamos perderemos la reserva.

–No es tan tarde. Me gustaría oír lo que tenga que decir el señor Coleman sobre este complicado asunto.

Ella lo agarró de la manga.

–No…

–Maddie y yo nos separamos de mala manera –dijo Cole–. Yo no sabía que estaba embarazada, y cuando ella me llamó un año después para hablarme de Noah, yo me acababa de casar y me negué a escucharla y a leer sus cartas. Ahora que sé que tengo un hijo, quiero ser parte de su vida.

–Por supuesto –el tono dolido de Greg aumentó el sentimiento de culpa de Maddie–. Aunque nos complique las cosas a los tres, para Noah será estupendo relacionarse con su padre.

Maddie sintió la boca seca. Le molestaba que los dos hombres estuvieran tomando decisiones sin tenerla en cuenta.

–¿Está libre para comer? –preguntó Greg a Cole.

Cole asintió.

–¿Le parece que le ceda el puesto y vaya usted con ella?

–¿Qué haces, Greg? –preguntó Maddie.

–Me parece que Cole y tú tenéis que solucionar muchas cosas.

–Deja que te explique...

–No te preocupes. Si me sigues necesitando esta noche, iré a cuidar a Noah, como te prometí.

Sin añadir nada más, Greg se marchó y Maddie se quedó a solas con Cole, cuyos ojos verdes brillaban triunfales.

–Me alegro de que eso ya se haya solucionado. Entonces, ¿te casarás conmigo?

Capítulo Siete

El restaurante francés donde Greg había reservado mesa estaba en el centro de Austin. La comida era deliciosa y el ambiente romántico.

Aunque Maddie no estaba para romanticismos, sino furiosa porque Cole estuviera dispuesto a salirse con la suya pasando por encima de quien fuera.

El restaurante era muy popular, por lo que estaba lleno de gente. Los acomodaron en un rincón, en una mesa tan pequeña que cada vez que Maddie movía el muslo rozaba el de Cole.

De mala gana pidió su habitual ensalada verde mientras que él se inclinó por un *croque-monsieur*. Cuando les llevaron los platos, comieron en silencio. Cuando terminaron, él dijo:

–¿A qué hora es la fiesta para recaudar fondos?

–A las siete –dijo ella en voz baja y malhumorada.

–¿A qué hora sale Noah del campamento?

–No es asunto…

–¿A qué hora?

–A las cuatro, pero voy a dejarlo allí hasta las seis porque tengo mucho trabajo.

–Quiero conocerlo antes de la fiesta, así que cambia de planes. Lo recoges a las cuatro y lo llevas a casa. Yo estaré esperándoos allí.

–Entonces tendré que salir a las tres y media del despacho.

–Pues sal.

Ella lo miró con la intención de discutir, pero su expresión era pétrea.

–Tengo una reunión con un miembro de la junta directiva a las tres.

–Enséñale mi cheque. Dile que habrá más dinero, mucho más, esta noche en la fiesta, pero solo si me complaces.

–No voy a consentir que...

–Me parece que no te queda otro remedio. Te aseguro que si me complaces, la recaudación será la mayor de la historia del centro, y me has dicho que este año era crucial para su supervivencia. Así que podrás conservar el puesto. Pero si sigues oponiéndote a mis deseos, te arriesgarás a quedarte sin trabajo y a entablar una costosa batalla por la custodia de Noah que tal vez no ganes.

Ella se estremeció.

–Así que, volviendo a lo de esta tarde, si eres inteligente, y creo que lo eres, le dirás al miembro de la junta que te he pedido que nos veamos otra vez después de las cuatro. Si sales temprano, te prometo que mi generosidad te compensará de sobra las dos horas perdidas en el despacho.

–Despídete de que nos casemos después de esto.

–De eso ya hablaremos otro día... o noche –afirmó él sonriendo–. Y es una batalla que tampoco voy a perder.

Alzó la mano y pidió la cuenta.

***

–¡Vaya! –gritó Noah desde el asiento trasero del coche.

Maddie alzó la vista y lo miró por el espejo retrovisor. Tenía la cabeza inclinada hacia delante y estaba absorto jugando con el teléfono móvil. Ella volvió a mirar al frente y encendió la radio para no pensar en que Cole los esperaba en casa.

Cinco minutos después, cuando ella giró para entrar en su calle, Noah gritó de nuevo.

–¡La policía! ¿Qué hace en nuestra casa? Y ahí está Tristan.

Tristan, que tenía el pelo de color zanahoria y gafas como las de Harry Potter, era el vecino de la casa de al lado y el mejor amigo de Noah.

Cuando Maddie aparcó, Cole y Tristan, que era evidente que ya se habían hecho amigos, se acercaron a toda prisa.

–¿Quién es ese? –preguntó Noah mientras miraba a Cole con recelo.

–Un viejo amigo –contestó aterrorizada.

Cole miró a Noah y cerró los puños mientras esperaba a que desmontaran.

Ella miró a los policías que estaban en el porche de su casa.

–¿Qué ha pasado?

–Han entrado en la casa. Según la policía, ha habido varios allanamientos en el barrio. Han roto una de las ventanas de la parte de atrás.

Era lo único que le faltaba, pensó ella mientras Cole se agachaba para ponerse a la altura de Noah.

–Cuando los policías hayan acabado, tu amigo y tú podíais ayudarme a arreglar la ventana.

–¿Para que no vuelvan a entrar los ladrones? –preguntó Noah, sonriendo muy emocionado.

–Sí.

–Guay.

–Me llamo Cole, ¿y tú?

–Noah. Y este es Tristan.

–Ya nos conocemos. Pensábamos jugar al rugby después.

–¡Guay! ¿Puedo jugar yo también?

–Desde luego.

Una vez terminadas las presentaciones, Noah y Tristan corrieron hacia el porche a ver cómo trabajaba la policía.

Cole se incorporó.

–Menos mal que estaba yo aquí para llamar a la policía. Pareces agotada.

Lo estaba, física y mentalmente.

–Tengo la fiesta de esta noche, como ya sabes. Por no hablar de la dura prueba a la que decidas someterme. Solo me faltaba que me entraran en casa.

–Lo único que quiero es casarme contigo y cuidar de nuestro hijo y de ti. No tiene por qué ser una dura prueba. Podría ser una placer para los dos.

–No veo cómo.

–Me parece que tendré que demostrártelo.

Antes de que ella pudiera reaccionar, la atrajo hacia sí y la besó.

Como siempre que la abrazaba, Maddie perdió la capacidad de controlarse y de pensar con claridad. Sintió que se derretía contra el cuerpo musculoso de él y experimentó un deseo que la redujo a un ser primario y cobarde.

Sabía lo que ambos querían, pero estaba dispuesta a resistirse. No consentiría que le partiera el corazón como seis años antes.

–Para –le pidió, temblorosa–. Delante de Noah no.

Él se detuvo de mala gana.

–De momento –susurró al tiempo que la soltaba.

Ella siguió temblando, consciente de que Noah los miraba.

Él retrocedió unos pasos, como si se estuviera apartando de la tentación.

Cole se quedó asombrado ante lo divertido que le resultaba lanzar el balón a su hijo y a Tristan mientras Maddie hablaba con la policía. También se había divertido ayudando a los niños a clavar unos tablones en la ventana.

¿Cuánto tiempo había estado con los niños mientras Maddie se preparaba para la fiesta? Solo una hora y veinte minutos, pero ya estaba henchido de orgullo paternal. En aquel breve tiempo que había pasado con su hijo y con la madre, se había convencido de que quería formar parte de sus vidas de modo permanente, no solo los fines de semana y las vacaciones.

Noah era guapo, listo y singular. El chico lanzaba y atrapaba bien la pelota, y corría como una liebre. Era curioso que, en tan poco tiempo, ya se sintiera su padre.

Tenía que hallar el modo de que Maddie viera que podían formar una familia.

La fiesta se celebraba en el salón de baile de uno de los hoteles más caros de Austin, frente al lago. Los invitados, vestidos con elegancia, bailaban, bebían y charlaban. Maddie aprovechó la oportunidad de que Cole estuviera rodeado de los miembros de la junta para salir a la terraza.

Hubiera querido seguir enfadada con él por la prepotencia con la que la había tratado desde que había llegado a Austin. En una tarde, se había deshecho de Greg y progresado enormemente en ganarse el afecto de su hijo. Esa noche, con ella del brazo, se había ganado a los miembros de la junta directiva del centro de acogida, y a importantes donantes, con sonrisas y comentarios ingeniosos.

Había deslumbrado a todos al sacar otro cheque que cubría con creces los gastos anuales del centro, y a ella le había asegurado el puesto.

Se apoyó en la barandilla y contempló los reflejos del lago. La música cesó. Cuando Cole habló a sus espaldas, ella se estremeció.

–Estás aquí. Te he buscado por todas partes.

–Es el primer minuto que tengo para mí en todo el día.

La música volvió a sonar.

–Baila conmigo –le susurró él al oído.

Cuando le deslizó el brazo por la cintura, el corazón de ella comenzó a latir al ritmo de la música. Giraron y giraron hasta que Maddie se quedó sin aliento.

Cole la hacía sentir joven y casi feliz. Quería que la música sonara para siempre y seguir bailando con él eternamente.

¿Por qué era tan maravilloso estar en sus brazos?

–Estás estupenda –murmuró él.

Le recorrió el cuerpo con la mirada, enfundado en un vestido rojo, antes de volver a atraerla hacia sí.

–No me aprietes tanto –susurró ella luchando en vano contra su excitación.

–Te deseo, lo mismo que tú a mí. ¿Por qué te has puesto un vestido que parece una segunda piel si no es para tentarme?

Ella se sonrojó sintiéndose culpable. Al elegir el vestido esa noche, debió haber optado por algo menos revelador, pero, sí, había querido seducirlo.

Dejaron de bailar. Él inclinó la cabeza hacia su boca para devorarla, y ella no se opuso porque no tenía fuerzas. Lo deseaba más que nada en el mundo.

–Nos vamos a casa –dijo él al cabo de unos segundos.

–La fiesta no ha acabado. Tengo que seguir.

–Me disculparé por ti.

***

Maddie recuperó la cordura cuando llegaron al porche encendido de su casa.

–Buenas noches –dijo ella sin abrir la puerta de la casa–. Y gracias por el cheque –como él no la besaba ni se despedía, añadió–: No te pido que entres porque Greg está aquí y Noah no lo entendería.

–No voy a dejaros solos a Noah y a ti después del allanamiento. Dormiré en el sofá.

–No.

En ese momento, Greg abrió la puerta y Cole se coló dentro.

–Noah está despierto. Ha soñado que había brujas en el armario, así que le he leído un cuento.

–Ya me encargo yo –afirmó Cole.

–No –dijo ella, pero él ya iba andando por el pasillo.

Dio las gracias a Greg. Cuando se hubo marchado, fue a un armario a por sábanas, toallas y dos almohadas, que lanzó al sofá.

Resuelta a no ceder ante Cole, al menos esa noche, fue a ver a Noah, lo besó y le aseguró que sus besos eran mágicos y que las brujas no se le acercarían.

Sin mirar a Cole, se dirigió a su dormitorio y se encerró en él.

–¡Otro cuento, por favor!

–Buenas noches –dijo Cole después de cerrar el tercer libro. Se inclinó y besó a Noah en la cabeza.

–Si cierro los ojos, ¿te quedarás a vigilar el armario?

–No hay brujas ahí. Ya lo hemos mirado.

–La verde no está todo el tiempo, solo a veces. Parece una rana mala y fea. Tiene serpientes en vez de pelo y los ojos naranjas y muy grandes. Sube por un agujerito del suelo, y se hace grande, grande, mientras que yo me hago cada vez más pequeño.

–Solo ha sido un sueño. No pienses en ella.

Cole se tendió a su lado y le pasó el brazo por los hombros. El niño cerró los ojos. Era asombroso lo tranquilo que parecía cuando estaba soñoliento.

–¿Mi madre te parece guapa? –susurró.

–Sí.

Pero Noah no lo oyó porque se había quedado dormido.

Con la intención de quedarse con él solo unos minutos, Cole se aflojó la corbata y se desabrochó el botón superior de la camisa. Se durmió en cuestión de segundos.

En el dormitorio, Maddie se quitó el vestido y, desnuda, se quedó de pie a la luz de la luna, presa de una extraña inquietud. A pesar de que era una insensatez, quería que Cole estuviera con ella.

Al cabo de un rato, se acostó.

Cole formaba parte de todo lo que ella no debiera desear. Pertenecía al desgraciado pasado que quería olvidar. ¿Cómo iba a salir adelante un matrimonio con ese hombre cuando la mutua atracción física desapareciera?

Se quedó dormida y comenzó a soñar.

Volvía a ser una niña que cabalgaba, feliz de alejarse de su madre y de la caravana. Pero, al final, tenía que volver a casa, y en ella la esperaba un monstruo sin cara que cerraba la puerta con llave cuando entraba y la agarraba de las muñecas. Sabía que si no lograba escapar el monstruo le haría las mismas cosas horribles que le había hecho antes, así que le clavaba las uñas y le daba patadas. Pero él la tumbaba en el suelo, y ella comenzaba a gritar.

Sus propios gritos la despertaron. Al abrir los ojos, la luz de la luna y las sombras hicieron que se imaginara que había alguien en la casa, e incluso oyó pasos.

¿Era Vernon?

El pánico se apoderó de ella. Se levantó apresuradamente gritando mientras se dirigía a la ventana y la cerraba.

Cole se puso en pie de un salto al oír el primer grito de Maddie y salió corriendo a su habitación. Al abrir la puerta, ella se escondió.

–¿Vernon?

–¡Soy yo, Cole!

–¿Cole? –lo miró sin comprender.

–Me quedé dormido en la cama de Noah. Estás a salvo. No tienes nada que temer.

–No lo conoces. No sabes de lo que es capaz.

Cole se acercó a ella y se agachó a su lado. Mientras tomaba su tembloroso cuerpo en brazos, comprendió lo que había sucedido entre Vernon y ella.

–Ya pasó todo –murmuró.

–Abrázame –susurró ella mientras lo agarraba de la camisa y tiraba de él hacia sí.

–Venga, no pasa nada.

Pero claro que pasaba, si era cierto lo que se temía. Y si lo era, él no era inocente, ni mucho menos. Le apartó el pelo de la cara a Maddie.

–Has tenido una pesadilla –continuó hablándole en un murmullo para que se calmase mientras la acunaba y le acariciaba la cara y el cuello.

Y comenzó a hacerse reproches. En vez de haberse dedicado a proteger su reputación, tenía que haberla protegido a ella.

–Abrázame, por favor –insistió ella aferrándose a él con tanta desesperación que a él se le partió el corazón al pensar en lo mucho que había sufrido en manos de Vernon.

¿Cómo no se había dado cuenta de que hubiera debido hacer más para protegerla? ¿Cómo no había visto la gente del pueblo que era joven y vulnerable y que se hallaba en una peligrosa situación? De repente, sintió odio por Yella, por sus habitantes y por sí mismo.

–Al oírte creí que Vernon estaba aquí. El sueño era tan real… Casi lo olía.

–Está en la cárcel –afirmó él mientras le acariciaba el cuello.

–Sí.

–Entonces estás a salvo. Estás conmigo, y juro que no dejaré que nada ni nadie vuelva a hacerte daño.

–¿Me lo prometes?

–Te lo prometo.

Y hablaba en serio. Si ella le daba otra oportunidad, no volvería a defraudarla.

Apretó la nariz contra la de ella con afecto, pero, al hacerlo, sus labios se rozaron. La sangre se le inflamó, pero, como se sentía culpable, se recriminó por el deseo que experimentaba. Sin embargo, cuando trató de separarse de ella, Maddie se apretó aún más contra él.

Ella era tan sexy, con sus grandes ojos y sus voluptuosos senos apretados contra su pecho. Al sentir sus pezones, contuvo la respiración.

Sería muy fácil poseerla en aquel momento, cuando estaba tan indefensa y abierta a él. Pero se odiaba a sí mismo por lo que había dejado que sucediera. No era digno de su confianza ni su amor.

Pero, al intentar retirar los labios de los de ella, Maddie no lo dejó, mientras lo besaba con desesperación.

–¿Te quedas conmigo? –le preguntó en un tono tan seductor que su deseo renació con más fuerza.

–Esta noche no.

–Por favor.

–Después de la pesadilla que has tenido con Vernon, no. Vuelve a dormirte. Estaré cerca, si me necesitas.

Con el corazón golpeándole el pecho, la apartó de sí y se levantó.

–¿Cole? –parecía presa del pánico.

–Estaré en el sofá.

Incapaz de dormir sin que la abrazara Cole, Maddie comenzó a contar ovejas. Después, se puso a contar los latidos del corazón. Como seguía sin poder dormir, se levantó y fue al servicio a por un vaso de agua, que no le sirvió para tranquilizarse. Más inquieta que antes, se quedó tumbada en la oscuridad.

Recordó los ojos de Cole, llenos de deseo.

Volvió a levantarse y fue al salón, donde Cole estaba tumbado en el sofá. Con los ojos abiertos y clavados en el techo.

–¿No puedes dormir? –se burló ella.

–Vete –gruñó él.

–No te hagas de rogar.

–¿Es que un hombre no puede negarse?

Ella se inclinó sobre él y le metió las manos por debajo de la camisa. El ahogó un gemido y ella descendió por su musculoso cuerpo hasta el gran bulto que había entre sus muslos.

–Eso pensaba –murmuró mientras lo acariciaba por encima de los vaqueros–. Desnúdate –le susurró al oído.

–¡Maddie! –protestó él.

–Te deseo, pero no aquí, sino en mi habitación –le guiño el ojo y salió corriendo por el pasillo. Dos segundos después, estaban desnudos en la cama. Ella estaba debajo de él y se besaban apasionadamente.

–Más despacio –dijo él.

–¡No! ¡Te necesito! Necesito todo lo que tengas que darme. Deprisa y con fuerza. No quiero esperar. Quiero borrar toda la fealdad de mi vida –borrar a Vernon de la mente para siempre.

–Pues queremos cosas distintas.

Con besos y caricias suaves, él disminuyó el ritmo. Con cada suave beso que él le depositaba en la boca, en la garganta, en los pezones y en el húmedo centro de rizos oscuros entre los muslos, le hacía el amor con un respeto como ella jamás se hubiera imaginado.

–La próxima vez te protegeré.

–Lo sé.

Quería que la poseyera para sentirse segura en sus brazos. Pero él se demoró, amándola lentamente, lo que hizo que la pasión de ella aumentara hasta la locura.

Él le puso los labios entre los muslos y la acarició con la lengua hasta que ella estuvo a punto de estallar.

–Ahora me toca a mí torturarte con la lengua y los labios –afirmó ella.

Lo tomó con la boca, lamiéndolo suavemente. Mientras él placer de él iba en aumento, desaparecieron los últimos vestigios de la pesadilla. Solo existía Cole y la delicia que experimentaba al estar en sus brazos.

De repente, él se libró de su boca, se colocó encima de ella y la penetró con ferocidad. Ella le respondió de la misma manera.

–¡Sí! ¡Sí!

Él la embistió y ella se arqueó. Sus cuerpos se movieron al mismo ritmo hasta que el mundo comenzó a girar más deprisa. Después, ambos se tensaron y la pasión los arrastró.

Tras la explosión, ella se preguntó si dos personas de procedencia tan distinta tendrían la posibilidad de estar juntos.

Maddie se despertó al amanecer en brazos de Cole. Se sentía renovada y distinta, pero no podía fiarse de sus emociones.

–Pareces una niña cuando duermes, una niña tan inocente como Noah.

–¿No parezco la perversa y libertina chica de Yella?

–No vuelvas a decir eso –masculló él con fiereza mientras la apretaba más contra sí–. Eres la madre de mi hijo y vas a ser mi esposa.

–¿En serio? ¿Cómo es que te has despertado tan gallito?

–Eres muy olvidadiza.

–No recuerdo haber aceptado ninguna de tus arrogantes propuestas.

–¿Recuerdas el sexo estupendo que hemos tenido?

–¿Y eso te ha dado ideas de nuestra relación?

–Si el sexo de anoche no ha hecho que aceptes mi propuesta, tal vez deba repetirlo.

–Sería maravilloso en otras circunstancias, pero tengo que ir a trabajar.

–Todavía es temprano.

–Noah estará a punto de despertarse. No quiero tener que darle explicaciones.

En vez de discutir, él se levantó y se metió en el cuarto de baño mientras ella admiraba su cuerpo. Cole abrió el grifo de la ducha y sacó la cabeza por la puerta.

–El agua está caliente. Me vendría bien un poco de compañía.

–No debería acompañarte. Estoy un poco dolorida.

–Pues lo hicimos muy despacio.

–Pero muchas veces.

–¿Y si te prometo ser delicado?

Cuando ella entró en la ducha lo besó con pasión y él la tomó de las manos y se las levantó por encima de la cabeza. La empujó contra la pared y la poseyó con rapidez mientras el agua caía sobre ellos. Cuando acabaron, ella se aferró a él sin aliento.

Cole no la quería. Sin embargo, seguía deseándolo.

Mientras se vestía, él preparó huevos revueltos y café.

–No sabía que supieras cocinar –dijo ella al entrar en la cocina.

–Solo lo suficiente para sobrevivir. Sé hacer huevos, tostadas, hamburguesas, filetes… Y ya está.

Ella se echó a reír.

–Es increíble que Noah esté durmiendo hasta tan tarde. ¿Qué le hiciste para dejarlo tan agotado?

–Lo que lo agota es pensar en la bruja del armario. Y sobre la pesadilla que tuviste anoche…

Ella palideció.

–No quiero hablar de eso.

–Ya lo sé –la agarró de la muñeca–. Pero quiero que te sientes y me cuentes lo de Vernon.

Lo último que ella quería era empañar la belleza de su primera mañana juntos reviviendo lo que Vernon le había hecho.

–Tengo que trabajar –alegó–. Aún tengo varios cheques en la cartera, incluyendo el tuyo.

–Siéntate, Maddie.

Al ver su expresión decidida, ella lo obedeció.

–¿Qué te hizo Vernon? Te hizo daño, ¿verdad? Ni siquiera estabas enamorada de él. ¿Te marchaste porque te hizo daño y porque yo no estaba cuando me llamaste?

Ella apartó la mirada.

–¡Maldita sea, dímelo! ¿Hizo lo que creo?

Gruesas lágrimas de vergüenza comenzaron a correr por las mejillas de Maddie. Trató de secárselas frenéticamente.

–Me dije que no volvería a llorar por su causa. Mi madre no me creyó, así que ¿por qué ibas a hacerlo tú?

–¿Te violó ese canalla?

Un desesperado sollozo estalló en la garganta de Maddie. Quiso negarlo, pero se dio cuenta de que él ya lo sabía.

–Mi madre me dijo que era culpa mía.

–De ninguna manera.

–Traté de detenerlo, de verdad.

–Lo sé, cariño. Te creo –susurró él con la misma voz agónica que ella–. Sigue.

–Pero era muy fuerte. Aunque yo tenía un ojo

morado y un corte en el labio, mi madre se negó a creerme y dijo que lo había seducido. Cuando me echó de casa, no supe a quién recurrir ni adónde ir, por lo que te llamé. Tu madre me dijo que era una mala persona.

Cole se estremeció. Después de unos segundos interminables, consiguió decir:

–¿Y entonces fuiste a ver a la señorita Jennie?

–Sí, y se portó de maravilla conmigo.

–Menos mal –la tomó de la mano y se la apretó–. Debiera haber adivinado la verdad.

–¿Cómo ibas a hacerlo?

–No lo sé, pero la furia y el dolor me impidieron poner en tela de juicio la versión de tu madre y los chismes del pueblo. Te eché de mi lado. Me porté tan mal como la gente del pueblo.

–Estoy tan avergonzada...

–Soy yo quien debería estarlo. Es una suerte que Vernon esté en la cárcel porque, sino, lo buscaría para hacerle pagar por lo que hizo.

–No. Te encarcelarían también, y no quiero que eso suceda. Cuando Noah tenía un año, Vernon vino a Austin. Me dijo que si iba a la policía y le decía la verdad, me mataría. Estaba en libertad condicional en esa época. Cualquier infracción podría significar cadena perpetua. Me echó las manos al cuello y apretó hasta dejarme sin respiración para demostrarme que hablaba en serio. A partir de entonces, tuve miedo hasta de mi sombra, y seguí teniéndolo después de que lo encarcelaran tras violar a otra chica. Entonces empezaron las pesadillas.

–Si me hubieras llamado…

–Lo hice –le recordó ella–. Y me colgaste porque acababas de casarte con Lizzie.

–¡Qué mal te traté!

–No importa.

–Claro que importa. En cierto modo, me porté peor que Vernon. Si hubiera reconocido desde el principio que eras mi novia, puede que él hubiera tenido miedo de tocar a la chica de un miembro de la poderosa familia Coleman. ¿Fui a tu casa alguna vez? ¿Mostré interés por lo que tenías que soportar allí? ¿Advertí a Vernon que te dejara en paz o que tendría que vérselas conmigo? No, te dejé indefensa. Por supuesto que importa.

Ella lo miró a los ojos y vio lo que necesitaba ver: la creía.

–Estabas en la universidad.

–Pero ya era lo bastante mayor para darme cuenta de las cosas –afirmó él.

–Yo también me sentí culpable. Mi madre me dijo que hacía semanas que estaba pidiéndolo porque me vestía con ropa atractiva para hacer que ella se sintiera vieja. Pero yo solo trataba de estar guapa para ti. Debí haber sido más consciente del efecto que tenía en Vernon.

–No fue culpa tuya. Quítatelo de la cabeza.

–Ni tuya tampoco –dijo ella levantándose de la silla porque quería acariciarlo y que la abrazara.

Apoyó la cabeza en su pecho, y cuando él la besó en la frente y la atrajo hacia sí, ella se sintió llena de felicidad.

Noah entró corriendo en la cocina.

–¡Puedo tomar tortitas para desa...? –se interrumpió al ver a su madre en brazos de Cole y los miró con los ojos como platos.

Ella corrió hacia su hijo. Se arrodilló a su lado y dijo:

–Cariño, a mamá se le ha hecho tarde para ir a trabajar, así que tenemos que vestirte y prepararte para ir a la escuela.

Noah miró a Cole.

–¿Por qué sigue aquí? ¿Por qué te estaba besando?

–Te he dicho que tienes que vestirte y...

–¿Por qué lo has dejado dormir aquí si nunca has dejado a Greg?

–Cariño, Greg y yo rompimos ayer.

–¿Por él? –el niño se separó de su madre y se cruzó de brazos.

–Después hablaremos de todo esto.

–No quiero hablar. No quiero ir al colegio –dijo Noah, y salió de la cocina muy enfadado.

–¿Quieres que intente hablar con él? –preguntó Cole.

Ella negó con la cabeza.

–Me temo que todo ha ido demasiado deprisa. Debí haberle preparado. Será mejor que te vayas. Noah y yo necesitamos estar un tiempo solos para solucionar esto. Ya te llamaré.

–No, tenemos que decirle ahora quién soy. Cuanto antes se lo digamos, menos confuso se sentirá.

Cole salió de la cocina detrás de Noah.

–¡No! –gritó ella. Cuando lo alcanzó ya estaba en la habitación de Noah.

–Sé como te sientes –le estaba diciendo a su hijo– porque todo ha ocurrido muy deprisa.

–No lo entiendo –dijo el niño.

–Estoy aquí porque soy tu padre. Sé que te sorprenderá, pero me acabo de enterar.

Noah miró a su madre en busca de confirmación, y ella asintió.

–Quiero cuidaros a tu madre y a ti. Quiero casarme con tu madre y que seamos una familia.

Cuando Noah lo miró, Maddie se preguntó en qué estaría pensando.

Al salir de la habitación, ella dijo a Cole:

–Podías haber esperado.

–No, no podía. Ya he perdido seis años, y él también. Quiero acostarme contigo todas las noches sabiendo que él está en casa, y despertarme contigo todas las mañanas, como hemos hecho hoy.

Una parte de ella también deseaba lo mismo.

Cole la tomó en sus brazos y la besó.

–Vuelve con Noah, por si está más alterado de lo que parece. Me marcho.

Noah estaba vestido y listo para ir a la escuela. Se había tomado la noticia con calma, y, aquella noche, quiso hablar con Cole cuando llamó por teléfono. Ante la actitud de su hijo, las dudas de Maddie disminuyeron.

Tal vez Cole estuviera en lo cierto. Tal vez su matrimonio llegara a funcionar.

Capítulo Ocho

Una semana después, Cole consultó su reloj mientras andaba deprisa por la calle de Maddie. Lo había conseguido. Eran las cinco y media en punto. Incluso había tenido tiempo de comprar una rosa amarilla en un puesto callejero.

Había vuelto a Austin en cuanto acabó de trabajar en el pozo.

No estaba seguro de encontrar a Maddie en casa, pero al acercarse a la vivienda, ella abrió la puerta y corrió hacia él.

¡Qué guapa estaba! Cuando la tomó en sus brazos, su radiante sonrisa lo confortó.

–¿Qué tal la semana? –murmuró mientras le daba la rosa.

Ella la tomó y se apretó contra él.

–Te he echado de menos. Te estás convirtiendo en una adicción para mí.

–Yo también estoy enganchado a ti.

A pesar de que habían hablado por teléfono, a Cole no le había resultado fácil estar alejado de ella. Maddie había aceptado su proposición matrimonial, y estaban tratando de hallar el modo de compartir sus vidas. Ella no quería que cortara sus relaciones con todo el mundo en Yella por su culpa, y se había ofrecido a volver al pueblo para enfrentarse a las habladurías y a sus propios fantasmas.

–Ya has sufrido bastante allí –había dicho él.

–Tenemos que dar al pueblo la oportunidad de que me acepte ahora.

–Me da igual que lo haga o no.

–Pero a mí no. Y no solo por ti, sino también por Noah. Tu madre vive allí, y estaría bien que mi hijo tuviera al menos una abuela.

Debido a la insistencia de Maddie, Cole había contado a su familia y a sus amigos la verdad sobre su relación con ella y su paternidad. Todos entendieron que hubiera estado enamorado y la hubiera dejado embarazada, pero no aprobaron que volvieran a relacionarse con ella. Todos, salvo Adam, le recomendaron que se alejara de Maddie.

Cole no quería pensar en los prejuicios ajenos, así que le aparto un mechón de pelo de la cara a Maddie y le preguntó:

–¿Dónde está Noah?

–Viendo una película en casa de Tristan, lo que significa que tenemos un rato para estar solos. Volverá pronto, pero va a quedarse a dormir en casa de su amigo, para que nosotros…

–Podamos dormir solos.

–Exactamente –afirmó ella mientras se mordía el labio seductoramente. Él la besó con fuerza.

–Tengo algo para ti –dijo él al tiempo que se sacaba una cajita de terciopelo negro del bolsillo y se arrodillaba–. Supongo que tenía que habérseme ocurrido una forma más original de declararme.

Maddie tomó la caja y la abrió. Ahogó un grito y se echó a reír al ver el enorme diamante que contenía.

–¡Vaya! –exclamó.

–¿Quieres casarte conmigo?

Ella se arrodilló también y le acarició la mejilla.

–Sí.

Él le tomó la mano y le puso el anillo.

–No puedo llevarlo al trabajo. Me cortarían el dedo al cruzar el aparcamiento.

–Pues llévalo cuando te apetezca.

–Al volver a Yella, por ejemplo.

–He pensado que tal vez los del pueblo necesiten algo más de tiempo par hacerse a la idea de que volvemos a estar juntos.

–Así que se lo has contado, y te han aconsejado que te alejes de mí.

Él no respondió.

–¿Te han dicho algo que te haya hecho avergonzarte de mí?

–No, es que no quiero darles la oportunidad de que te vuelvan a hacer sufrir.

–Tengo que volver y enfrentarme al pasado por mi propio bien y por el de los dos. Llevo huyendo mucho tiempo. Desde que te conté lo de Vernon, no he vuelto a tener pesadillas. Es como si me hubiera quitado un enorme peso emocional de encima. No lo entiendo. Me siento libre por primera vez en muchos años. Y estoy contenta conmigo misma. Creo que si me enfrento a otros fantasmas, me sentiré incluso mejor.

–Me alegro mucho.

–Puede que deba convencerme de que realmente me defenderás. He organizado las cosas en el trabajo para marcharme un par de semanas a Yella. Así sabremos si los dos tenemos agallas suficientes para dar el paso siguiente. Pero debes prometerme que si uno de nosotros cree que no funcionará, dejarás que me vaya.

–¿Y Noah?

–Siempre serás su padre. Pase lo que pase, quiero que estés presente en su vida, aunque no nos casemos.

–No puedo aceptarlo.

–¿Y si los dos nos damos cuenta de que no es la mejor solución?

–Me niego a creerlo.

Era casi mediodía. Maddie llevaba horas de papeleo. Estaba deseando tomarse un descanso antes de la comida de trabajo que tenía cuando le sonó el móvil. Supuso que sería Cole para decirle que había llegado bien a Yella. Se sonrojó al recordar el sexo salvaje de la noche anterior. Cole la había poseído de todas las formas posibles, en todas las posturas, en la cama, en el suelo, contra la pared...

–Diga.

–Hay una señora en la sala de espera que quiere verla, señorita Grey –le dijo Lucy, su secretaria. No sé quién es, y se niega a decirme su nombre. Parece una mujer importante.

Maddie supuso que sería una nueva donante. Adiós a su descanso.

–Hágala pasar.

Unos segundos después, Hester Coleman, con un traje de chaqueta negro tan severo como su expresión, estaba frente al escritorio de Maddie.

Al querer levantarse a toda prisa, esta tiró el jarrón con la rosa de Cole y se derramó el agua sobre el montón de sobres que acababa de cerrar para su envío.

–Vaya –levantó el jarrón y la rosa y retiró los sobres del charco que se había formado. Mientras secaba la superficie con pañuelos de papel, trató de sonreír.

–¿Puedo sentarme?

–Desde luego –Maddie le indicó nerviosamente la silla frente al escritorio y se sentó en la suya.

–Ya sé lo del niño y que estás usándolo para chantajear a Cole.

Maddie se puso roja de indignación.

–Nunca utilizaría a Noah para algo así.

–Ha sido muy oportuno decírselo a Cole cuando vuelve a estar libre. ¿De qué otro modo iba una mujer como tú a convencerlo de que se casara contigo? Te da igual lo que eso implique para él, ¿verdad? He venido a ofrecerte una generosa cantidad si te niegas a casarte con él.

Maddie, llena de furia y dolor, se levantó.

–Esta entrevista ha terminado. Sal de mi despacho.

–¿Cómo? ¡No puedes echarme! –Hester se levantó–. Cuando lo hayas apartado de toda la gente que conoce y quiere, ¿cuánto tiempo crees que seguirás fascinándolo? Acabará por abandonarte –gritó.

–Tal vez. Pero tú arriesgas tanto como yo. Tienes un nieto. ¿Quieres perderlo?

Hester se sonrojó.

–No, pero sea cual sea el dolor que experimente como abuela, mi verdadero dolor es por mi hijo, que se ha liado con una mujer que va a destrozarle la vida. Si fueras una buena madre, lo entenderías.

Maddie, incapaz de comer después de que Hester se hubiera ido, se sentía tan débil y conmocionada que fue incapaz de hacer nada el resto de la tarde. La corroían la ira y la sensación de injusticia. Al final, se fue a casa temprano.

Al contarle lo de Vernon, Cole se había mostrado muy amable y comprensivo pero, ¿estaba dispuesto a luchar por ella? ¿Creía en ella de verdad? ¿O solo quería a Noah?

Cole alzó la vista de su escritorio cuando el coche de su madre se detuvo frente al rancho en medio de una nube de polvo. Salió a recibirla. Desde que Maddie y Noah habían llegado a casa de la señorita Jennie, Hester estaba hecha una furia.

–Hace calor. Me vendría bien una tónica helada –dijo ella fríamente cuando se encontraron en la puerta, él con una taza de café en la mano.

Entraron y Cole le llevó la bebida al cuarto de estar, donde lo estaba esperando.

–¿Por qué has conducido hasta aquí cuando lo más fácil sería haberme llamado? –preguntó él.

–Porque no soporto que hagas alarde en público de tu relación con la hija de Jesse Ray.

–Maddie es mi prometida, mamá.

–Estoy harta de que todos me digan dónde se la han encontrado y que han visto el anillo que le has regalado, harta de que se estén riendo de ti a tus espaldas.

–Tienes mucha influencia sobre las mujeres de este pueblo. Diles que no quieres escuchar nada malo de Maddie, y muchas se callarán.

Cole odiaba la forma en que su madre y la gente del pueblo se comportaban con Maddie, incluso cuando iba de su brazo y Noah los acompañaba. Parecía que estuvieran más en contra de ella que antes, solo porque él pensaba casarse con ella.

–Maddie es una mujer con estudios que se dedica a ayudar a quienes no han tenido suerte en la vida.

–No dudo de su capacidad de relacionarse con esa gente. Al fin y al cabo, ella también es inferior.

–A Adam le cae bien.

–Porque te tiene envidia y quiere rebajarte a su nivel, que es lo que sucederá si te casas con ella. Además, Adam es un hombre.

–¿Y eso qué significa?

–Que probablemente le resulte atractiva. Si no los vigilas, acabarán en la cama.

–La respeto más que a la gente que se dedica a chismorrear sobre ella, incluyéndote a ti.

–Porque utiliza el sexo y al niño para tenerte enganchado. Haría lo mismo con Adam o con cualquier hombre que se le acercara. ¿Sabías que Adam va todas las tardes a casa de la señorita Jennie para verla?

–Lo hace para mostrarme su apoyo. Ten cuidado con lo que dices, mamá.

–He visto la camioneta de Adam frente a la casa de la señorita al venir para acá –dijo Hester, y se levantó–. Ya basta. He cumplido con mi deber. No vengas a quejarte cuando la encuentres con otro en la cama.

–Si eso es todo, tengo trabajo.

Lleno de dudas sobre Maddie, no se puso a trabajar cuando su madre se fue, sino que se marchó directamente a casa de las señorita Jennie. Al ver la camioneta de Adam aparcada, se puso furioso. Fue por la parte de atrás, donde vio a Maddie mirando y escuchando extasiada a Adam.

–¡Maddie! ¡Adam! –gritó.

Maddie sonrió mientras corría hacia él.

–Adam ha estado jugando al rugby con Noah.

–Tengo que volver al trabajo –afirmó Adam– y así descansaré de haber corrido tanto con este calor. Tu hijo es muy rápido –les sonrió y se marchó.

Maddie lo observó hasta que desapareció detrás de la casa.

–Tu hermano es muy agradable.

Cole apretó los dientes.

–Me han dicho que viene casi todos los días.

–A Noah le encanta que lo haga. Al menos está de nuestro lado y trata de demostrar que nos apoya.

Cole trató de adoptar un tono neutro.

–No estoy seguro de que en el pueblo lo vean así.

–¿A qué te refieres?

–Da igual. ¿Dónde está Noah?

–Dentro. Jugando. ¿Qué te pasa?

–Ha venido mi madre a contarme que la gente habla de Adam y de ti.

La expresión de ella se oscureció.

–Y te ha hecho dudar de mí, porque has pensado que tal vez sea tan mala como dicen.

–¡No!

–Sigues sin fiarte de mí, ¿verdad?

–No me gusta que me digan que te pasas el tiempo con otro, aunque sea mi hermano. No tenemos una relación fácil. No le gusta ser el hijo bastardo, lo que a veces hace que se muestre resentido conmigo.

–¿Tampoco confías en él?

–No he dicho eso.

–Vamos a poner las cosas en claro, Cole. Me gusta la compañía de tu hermano, como amigo. Es el único, además de la señorita Jennie y algunos de sus amigos, que me ha apoyado en mi estancia aquí. Hay hombres que han venido de visita, pero..

–¿Han tratado de flirtear contigo? –ella no lo negó–. ¡Maldita sea! Dime quiénes son, y se las tendrán que ver conmigo. No entiendo por qué es tan importante para ti estar aquí y exponerte a las críticas injustificadas de un puñado de cotillas mal pensados.

–Tal vez tengas razón y no debería haber vuelto. De niña fantaseaba pensando que, si los del pueblo veían que te preocupabas por mí, terminarían por aceptarme.

–¿Cuándo te vas a convencer que de esa gente no importa? Eres amable y trabajadora. Has conseguido mucho. Lo único que cuenta es que tú y yo vamos a tratar de vivir juntos por el bien de Noah. Podemos vivir en Austin.

–Lo sé, y lo haremos. Pero aquí está tu rancho. Quiero que vengas cuando desees sin tener que preocuparte por mí. Quiero que puedas traer a Noah y que se sienta aceptado.

–El rancho solo es un sitio –la abrazó y la besó.

–Toda la vida he deseado que me acepten y me quieran, incluso aquí. Tengo miedo de que el pasado y esta gente hallen el modo de conseguir que te arrepientas de haberte casado conmigo.

–Eso no sucederá. ¿Cuándo te vas a convencer de que la opinión ajena no importa?

–Para ti es fácil decirlo porque siempre han tenido buena opinión de ti.

La abrazó con más fuerza y se le aceleró la respiración. Ella le estaba abriendo su corazón y, de repente, lo que quería era desnudarla y hacerle el amor.

–Oye, –murmuró– ¿crees que podemos escapar para ir a bañarnos?

Ella lo miró con ojos burlones.

–Tengo que pedirle a la señorita Jennie que cuide de Noah.

–Hazlo.

***

–¿Compramos pudín de chocolate para el picnic con Cole? –preguntó Noah mientras Maddie empujaba el carrito de la compra por el pasillo del supermercado.

–El pudín no está en la lista que nos ha dado Cole. Pero hay galletas de chocolate.

–Pero ¿podemos comprar pudín también, por favor? –insistió el niño.

–De acuerdo –dijo Maddie sonriendo–. Agarra un paquete, solo uno.

A Maddie le llegó un conocido olor a whisky y alzó la vista, alarmada.

–¿Este es tu hijo?

La mujer que había hablado se acercaba a ellos arrastrando los pies con torpeza. Soltó una carcajada, y Maddie sintió un escalofrío. Se arrodilló y apretó a Noah contra sí, por lo que este perdió el equilibrio y soltó el paquete, que se deslizó hacia la mujer.

–¡El pudín! –gritó el niño, y habría salido corriendo detrás de no haberlo sujetado Maddie.

–Eres un niño malo –le regañó la mujer–. Igual que lo era tu madre.

–Agarra otro paquete –ordenó a Noah mientra se incorporaba y daba la vuelta al carrito para huir.

Pero la mujer fue más rápida y lo agarró.

–¿Te crees tan buena que no te dignas a hablar con tu madre? ¿Crees que eres buena porque ese idiota de Coleman te ha regalado un anillo y dice que va a casarse contigo? Pues no lo eres. No eres distinta de mí. Debieras oír lo que la gente dice de ti: que lo perseguiste de niña porque era rico y que tuviste a su hijo en secreto para hacerle pagar después. Si juegan contigo, que paguen después. Eso te enseñé, ¿verdad?

Maddie estaba desesperada por apartar a Noah de aquella mujer. Varios clientes los miraban con la boca abierta. Era indudable que habían oído lo que la mujer había dicho y que lo repetirían a quien quisiera escucharlos.

Aplastada por sus miradas de desprecio, sintió la boca seca. Pero de quien quería huir sobre todo era de su madre.

Sintió náuseas. Sin embargo, no iba a agachar la cabeza y a darles el gusto de mostrarles lo que sentía, por lo que alzó la barbilla y sacó pecho mientras se dirigía a la caja, donde esperó pacientemente, con Noah tirándole de los vaqueros para que le comprara caramelos, a que la cajera le cobrara.

Noah entró como un ciclón en la cocina de la señorita Jennie. Las lágrimas le corrían por las mejillas.

–No corras por la casa –dijo Maddie mientra Cole, que estaba tomándose un café, alzaba la vista del periódico.

–¡Odio a Bobby Mueller! ¡Lo odio!

–No se debe odiar a nadie, como mucho podemos enfadarnos –le reconvino su madre–. Aunque no nos guste lo que hagan, no hay que odiarlos.

Cole frunció el ceño.

–¿Qué pasa, hijo?

–Mueller me ha llamado cosas feas –Noah se acercó a la mesa y miró a su madre–. Y a ti también, mamá. Siempre lo hace. Luego, Luke y él se han reído. Dicen que eres una mala mujer porque no tengo padre.

–¿Por qué no les has dicho que tu padre soy yo? –preguntó Cole, muy enfadado.

–Tranquilízate –murmuró ella.

–¿Cómo voy a tranquilizarme cuando los cretinos de este pueblo te atacan? –se volvió hacia Noah–. Escúchame. La próxima vez que veas a ese bocazas dile quién soy yo.

–Pero no estás casado con mamá.

–Tienes razón. Debería haberme casado con ella hace tiempo, antes de que nacieras. Pero ¿ves el anillo que lleva en el dedo? Se lo he regalado porque te quiero y porque voy a casarme con ella muy pronto. Pero no tenemos que estar casados para que sepas que tienes padre.

–¿En serio? ¡Puedo decírselo a Mueller?

Cole y Maddie le respondieron a la vez.

–No, aléjate de él –dijo ella.

–Sí –afirmó Cole–. Dile que si sigue diciendo cosas malas de tu madre me lo contarás y tendrá que vérselas conmigo.

–¿Le darás una paliza? ¿Puedo ir a decírselo ahora mismo?

–No creo que... comenzó a decir Maddie.

–Claro, ¿por qué no? –dijo Cole mirándola a los ojos–. Si no luchas por lo que te importa, no tendrás ninguna oportunidad de conseguirlo.

Noah salió corriendo de la cocina a la calle.

Maddie se volvió hacia Cole, pero él habló primero.

–Creo que ya le hemos dado suficiente tiempo a la gente de este pueblo para que se haga a la idea de que nos vamos a casar. ¿Y para qué ha servido? Los niños atacan a Noah. Creo que debemos dar el siguiente paso.

–Pero no nos aceptan como pareja.

–¿Y quién nos dice que lo vayan a hacer? Sé que para ti es importante que nos acepten, pero por mí pueden irse al infierno. Lo que importa es que formemos una familia.

Maddie se dijo que Cole quería a Noah y que le gustaba dormir con ella. Pero ¿qué clase de persona creía que era ella? ¿Se llegaría a sentir tan cerca de ella como para abrirle el corazón, para amarla? Y ella, ¿estaría siempre a la defensiva por no estar segura de ser lo bastante buena para él?

–Vamos a celebrar la fiesta de compromiso. Invitaremos a todo el mundo al rancho, a la mejor barbacoa del condado. Contrataré al mejor conjunto musical. Nos casaremos una semana después y nos iremos a Austin. Después, que chismorreen lo que quieran.

Cuando ella fue a protestar, la abrazó.

–Estoy cansado de dormir en el rancho y de que

Noah y tú lo hagáis aquí. Las noches se me hacen cada vez más largas y solitarias. No me hagas esperar más –le pidió en tono impaciente.

–Muy bien –dijo ella, aunque no se sentía totalmente segura de él–. Muy bien –repitió.

La casa del rancho estaba llena de gente que no quería que Maddie formara parte de la vida de Cole.

Esta pensó que debía controlarse y tranquilizarse para, al menos, fingir que se divertía en su fiesta de compromiso. No era fácil, ya que todo le parecía falso, incluso las pocas sonrisas que había recibido. Solo pensaba en una cosa: ¿se habría casado Cole con ella de no existir Noah?

Ojalá la respetara tanto como la deseaba. Ojalá la hubiera dejado ponerse algo de su elección en vez de aquel vestido azul tan sexy que se le ajustaba al cuerpo como un guante.

–Quiero que se mueran de envidia por lo hermosa que eres –había dicho él.

Era evidente que la curiosidad había vencido la desaprobación, ya que casi todos los que habían sido invitados estaban allí. O tal vez fuera que eran adictos a las barbacoas.

Agotada por todo el trabajo que le había supuesto organizar una fiesta en tan poco tiempo, y con los pies doloridos por estar recibiendo de pie durante una hora a los invitados sobre unos altísimos tacones, se paseó por las habitaciones atestadas de gente. El estómago le indicó que llevaba tiempo sin comer, pero decidió tomarse primero una copa para calmar los nervios.

Cuatro jóvenes con las que había ido al colegio pasaron a su lado sin mirarla, en tanto que varios hombres a los que conocía de toda la vida le dirigían miradas lascivas.

De camino al bar vio a Hester, así que se retiró a un rincón y buscó a Cole con la mirada. Lo divisó hablando con Becky Weber, una hermosa mujer morena que había sido la mejor amiga de Lizzie. Una voz amistosa dijo a sus espaldas:

–Estás aquí. Te he buscado por todas partes.

Ella se dio la vuelta.

–¡Adam!

–¿Quieres tomar algo?

–Sí.

¿Qué quieres?

–Una copa de vino tinto.

Adam fue a por las bebidas y volvió al cabo de unos instantes.

–¡Qué vestido! Estás guapísima.

Ella se sonrojó.

–Es un regalo de Cole, y ha querido que me lo pusiera – sonrió–. Me alegro de que hayas venido. Al menos hay una cara amistosa.

–No me lo hubiera perdido por nada del mundo. Sé lo que es tener a Hester en contra. Cole no lo sabe. Su madre es implacable. Cree que yo soy el hermano bastardo que no pertenece a la familia y que tú eres la mujer equivocada para Cole. Piensa que protege a su hijo y a la familia, pero le verdad es que es tan insegura que se siente amenazada fácilmente. Tú y yo debemos pelear para que nos acepten. Yo he avanzado algo, pero es un proceso muy lento.

Maddie comenzó a sentirse mareada, y se dijo que no debía haber bebido vino antes de comer.

–Debería haberme acostumbrado y no darle tanta importancia a lo que diga Hester. Lo que realmente quiero saber es lo que Cole piensa de mí.

–Se va a casar contigo y va a mudarse por ti. Será bueno para Noah que os caséis.

–Ya lo sé.

–¿Quieres salir a tomar el aire o prefieres bailar?

Como Cole seguía hablando con Becky, asintió.

–Creo que el aire fresco me despejará la cabeza –sonrió y se agarró del brazo de Adam.

Mientras estaba con Becky y otras amigas de Lizzie, Cole no había dejado de mirar a Maddie, sola en un rincón de la habitación. Estaba siendo muy valiente, pero se veía que se esforzaba para no derrumbarse.

Por eso, al principio, agradeció que su hermano le llevara algo de beber. Fue entonces cuando su amigo Lyle, que no le había quitado ojo a Maddie en toda la noche, le dio un codazo y le sonrió lascivamente.

–Teniendo en cuenta quién es y de lo que es capaz, yo no la dejaría sola mucho tiempo, ni siquiera con mi hermano. Se los ve muy amigos, ¿no te parece?

–¿Quieres callarte? –respondió Cole. Pero no pudo evitar mirar a la pareja.

–Si se los ve tan amigos en público, ¿qué crees que harán a tus espaldas? Me han dicho que, últimamente, Adam pasa mucho por casa de la señorita Jennie.

–A jugar con mi hijo.

–Lo que tú digas –afirmó Lyle riéndose.

Cole vio que Maddie inclinaba la cabeza hacia Adam y que este hacía lo propio para oír lo que le decía, que sonreía y que salían juntos de la habitación agarrados del brazo.

¿Por qué la llevaba Adam fuera? ¿Y Maddie? ¿No se daba cuenta de que se estaba poniendo en evidencia?

Las dudas lo asaltaron y, con ellas, los celos. Cerró los puños y trató de controlarse.

Confiaba en Adam. Y en Maddie.

Entonces vio que su madre lo miraba con aire triunfal.

Lyle insistió.

–Nadie dice que tu hermano y tú no debáis disfrutar de ella. Pero creemos que ninguno de los dos debería casarse con ella.

Cole le dio un puñetazo que lo tiró al suelo.

–¡No vuelvas a decir ni una palabra más sobre Maddie! ¿Me oyes? Voy a casarme con ella y no me importa lo que penséis ni tú ni los demás.

–¿Y que piensas tú, Cole?

Lyle le había tocado la fibra sensible. ¿Estaría alguna vez seguro de Maddie?

Se agachó y levantó a su amigo del suelo.

–¡Fuera de mi casa! –gritó.

Lyle se dirigió a la puerta.

–¿Lo habéis visto? ¡Me ha pegado! Está loco. Ella lo ha vuelto loco. Eres idiota, Coleman.

Cole salió a buscar a Maddie, que cuando lo vio se levantó de la silla en la que estaba sentada al lado de Adam y corrió hacia él.

–¿Estás bien?

–Nos vamos.

–Muy bien, pero ¿puedes decirme por qué?

–Porque me acaban de traicionar los nervios.

–¡Me ha pegado porque le he dicho la verdad sobre Adam y tú! Y le he dicho que es un estúpido por casarse para poder acostarse contigo –gritó Lyle mientras pasaba en su camioneta al lado de ellos y se perdía en una nube de polvo.

–¿Es verdad eso? ¿Lo has hecho porque estaba con Adam?

–Ha dicho algo que no me ha gustado.

–¿Y te lo has creído? ¿Has pensado que Adam y yo estábamos flirteando, o algo peor?

–No, simplemente no me ha gustado que lo dijera. No podía consentir que se fuera de rositas después de hablar así de ti.

–Porque no te fías de mí.

–Claro que me fío, pero…

–No, no te fías. Y no me respetas. Eres como el resto: estás dispuesto a creer lo peor de mí.

–No, solo me he enfadado. Y no me siento orgulloso de ello.

–Siempre serás el poderoso y orgulloso Coleman, y yo nunca seré nada más que la hija de Jesse Ray.

–Eso es injusto. Estás exagerando.

–Tal vez, pero hay algo de verdad en ello. Para que lo sepas, tu hermano ha sido amable conmigo porque todos los demás no me han hecho ni caso. Me ha explicado que entiende cómo me siento porque, a veces, él también se siente marginado.

Cuando Maddie alzó la vista, vio que la madre de Cole y el resto de los invitados la miraban.

–Jamás me he sentido tan despreciable y humillada como me has hecho sentir esta noche –susurró–. Has creído lo que te ha dicho Lyle en vez de tener confianza en mí.

–¡Estaba celoso!

–Lamento decirlo, pero tu madre tenía razón al decirme que lo único que te atrae de mí es el sexo.

–Eso no es verdad.

–Es lo único que ves en mi amistad con tu hermano que, por cierto, es un hombre encantador que también lo está pasando mal en este pueblo.

–Conozco sus problemas mucho mejor que tú.

–El sexo no basta para mantener en pie un matrimonio. Así que, si eres tan amable de prestarme la camioneta, me iré a casa de la señorita Jennie para hacer las maletas y volver a Austin. Ella te llamará cuando me haya ido para que vayas a recoger el vehículo.

–No voy a dejar que te vayas.

–Esto no funciona, Cole. Necesitas una mujer a la que tus amigos y tú respetéis, en la que puedas confiar y de la que te sientas orgulloso.

–Tú eres esa mujer.

–Ojalá, pero no es así, puesto que te ha resultado muy fácil creer que iba a ligar con tu hermano en nuestra fiesta de compromiso.

–¡Maldita sea! ¡Me he puesto celoso!

–No quiero casarme contigo porque te sientas obligado por haber tenido un hijo conmigo. Quiero que mi esposo me quiera y se fíe de mí. Me crié sin amor, así que probablemente sea algo que he deseado toda la vida. Como te he dicho, podrás ver a Noah cuando quieras. Además, no quiero que por casarte conmigo te alejes de tus seres queridos.

–No me importan. Quiero vivir contigo en Austin.

–Digas lo que digas, con el tiempo lamentarías que nos hubiéramos casado. Encontrarás a otra mujer que se adecue a ti, como lo hizo Lizzie.

–¿Y tú volverás a Austin con Greg?

–No. Estar contigo me ha enseñado lo que es la pasión. Me has hecho más fuerte. No voy a volver con él porque ahora sé que me merezco a alguien que me quiera y me respete.

–Yo te quiero y te respeto.

–Ojalá fuera así. Lo dices para salirte con la tuya.

–He sido un estúpido. He cometido un error.

–Los dos hemos estado a punto de cometer un terrible error.

Se quitó lentamente el anillo de compromiso y se lo entregó.

–Estoy muy cansada, Cole. Tengo que acostarme. ¿Me das, por favor, las llaves para que pueda irme a casa?

Él se las entregó contra su voluntad. Ella tropezó al bajar los escalones del porche, tal vez porque la cegaban las lágrimas.

Cole se apresuró a ayudarla, pero ella gritó cuando la agarró del brazo. Cuando él vio la angustia que había en sus ojos comprendió el profundo daño que le había hecho.

Ella lo empujó para apartarlo de sí mientras todo el pueblo de Yella contenía la respiración.

–¡No me toques! No consentiré que me trates como a un ser inferior y despreciable.

–No te desprecio. Te quiero. Te lo juro.

–No te creo –susurró ella sollozando, y se alejó a toda prisa hacia la camioneta.

A Cole le pareció que el alma se le hacía pedazos. Estaba en las cuadras con Raider y oía la música que le llegaba desde la casa, donde la fiesta continuaba.

Amaba a Maddie, pero había sido un estúpido por no decírselo hasta esa noche.

Un dolor tan fuerte como el que había sentido cuando ella se marchó seis años antes le oprimía el corazón. Se había dado cuenta de lo que Maddie significaba para él y de que no podía vivir sin ella.

Había sufrido durante seis años al tiempo que destrozaba el corazón de su esposa. No quería sufrir así lo que le quedaba de vida ni hacer que otra mujer padeciera lo que había hecho padecer a Lizzie.

¿Cómo había podido creer que las habladurías sobre Maddie eran ciertas?

–¿Cómo he conseguido echarlo todo a perder, Raider? ¿Qué voy a hacer para recuperarla?

El animal resopló.

Cole oyó pasos y se volvió. Adam entraba en la cuadra.

–La fiesta continúa. Todavía hay algunos que se resisten a irse. Tu madre se acaba de marchar.

–Al menos hay alguien que está contento.

–No creo. Por sorprendente que parezca, me ha parecido que Hester estaba apesadumbrada. Me ha dicho que te buscara. ¿Quieres darme un puñetazo a mí también?

–Creo que ya he hecho el ridículo lo suficiente por una noche.

–Por una vez, lo reconoces.

–Y no me disgustaré si me lo recriminas. Sé que las cosas han sido más difíciles para ti al criarte sin nuestro padre. Pero no es culpa mía.

Adam sonrió.

–¿Y a quién más voy a echarle la culpa? Papá ha muerto y tú estás aquí. Pero he venido a hablarte de Maddie. No me he interpuesto entre vosotros, solo intentaba ser su amigo.

–Lo sé.

–Creo que estáis hechos el uno para el otro.

–Ahora eso da igual. ¿No lo entiendes? La he humillado en público, delante de los idiotas a los que ella trataba de impresionar. Me ha dejado.

–Ha hecho bien. Por cierto, tienes un aspecto terrible, lo que significa que te has dado cuenta de lo que ella es para ti. No vas a dejar que vuelva a Austin, ¿verdad?

–¿Cómo voy a impedírselo?

–¿Por qué no vas a casa de la señorita Jennie y te arrojas a sus pies pidiendo clemencia? Arrástrate, humíllate ante ella. Maddie no es como esas chismosas duras de corazón que la desprecian. La quieres y te quiere. ¿Qué otra cosa importa?

Maddie estuvo a punto de lanzar el teléfono contra la pared.

–¿Qué? ¡Es increíble que le hayas dicho que venga! No quiero hablar con él, Adam. Estoy haciendo la maleta, así que voy a colgar.

–No vas a hacerlo porque soy tu futuro cuñado y porque no eres tan maleducada.

–Hemos roto, ¿entiendes? Si viene, no le abriré la puerta.

–Está fatal.

–No es culpa mía.

–Te quiere.

–No puede quererme cuando piensa que soy capaz de utilizar los mismos trucos despreciables que mi madre.

–Te equivocas.

–Tengo que colgar.

–Ahora, la que se está portando como una idiota eres tú. Sois tal para cual. ¿Has estado alguna vez tan enfadada con alguien? ¿O te ha hecho alguien tanto daño?

–¡No!

–¿Lo ves?

–Estás loco. Voy a colgar.

–No lo eches todo a perder. Una relación se basa en un toma y daca. Es el padre de Noah. Tú te criaste sin padre, igual que yo. ¿Quieres lo mismo para Noah?

–Eso es un golpe bajo.

–Cole te ha hecho daño. Pues supéralo.

En cuanto Maddie colgó, la señorita Jennie apareció en la puerta.

–¿Quién era?

–Adam, que ha tratado de convencerme de que perdone a Cole.

–Pero estás tan enfadada que ni siquiera lo vas a tener en cuenta, ¿verdad?

–Esto no tiene nada que ver con mi enfado, sino con el hecho de que Cole siempre me verá como la hija de mi madre, cuando tanto me he esforzado por ser más que eso.

–Siempre lo has sido.

–Usted siempre lo ha sabido, pero Cole no se da cuenta.

–Creo que te quiere y que, a pesar de sus defectos, siempre te ha querido. Tal vez esta noche se haya dado cuenta de quién eres en realidad –la señorita hizo una pausa–. Sabes que perdí a mi querido Raymond en la guerra de Corea y que no he encontrado a nadie más.

–Lo sé.

–Piénsalo. Podrías pasarte toda la vida sin encontrar a nadie más a quien amar tanto como a Cole, o no hallar a un hombre que te quiera tanto. Raymond está muerto, por lo que lo recuerdo como un hombre perfecto y lo tengo en un pedestal. He olvidado nuestras estúpidas peleas y sus muchos defectos. Pero la vida es otra cosa. Los hombres son muy problemáticos. Tienen muchas limitaciones. Cole se guía por viejos hábitos, por formas de pensamiento caducas. Fíjate en su madre. Nadie en Yella lo sabe, pero nos criamos en el mismo pueblo. ¿Sabes que era pobre y que la abandonaron cuando era un bebé? Su madre era una adolescente y fue a la cárcel. Después la adoptó una familia rica, con la que estuvo hasta los seis años.

–No lo sabía.

–Es una mujer muy insegura, que se ha esforzado por mantener en secreto su historia. Y es indudable que también se ha esforzado en inculcar a su hijo ideas y prejuicios estúpidos. Esta noche se ha puesto celoso y te ha herido, lo cual estoy segura que lamenta.

–Pero...

–No he terminado. Por desgracia, en la fiesta, tú también has recaído en el antiguo habito de sentirte excluida, y has reaccionado a la defensiva. La valía personal sale de dentro, Maddie, y tú tienes mucha. Pero todos tenemos un mal momento en el que nos invaden las dudas. Y eso es lo que ha pasado. Él se ha puesto celoso, tú no estabas en tu mejor momento, y os habéis peleado. No tires por la borda algo tan valioso como el amor de tu vida sin estar segura de que estás haciendo lo correcto.

–¡Ay, señorita Jennie! ¿Me considerará Cole siempre indigna de su confianza?

–Hazme caso, si no conoces tu verdadera valía, acabará haciéndolo.

Maddie estaba en la puerta de la casa de la señorita Jennie esperando ansiosamente a que Cole aparcara. Cuando apagó el motor, ella dio unos pasos inseguros por el porche hacia él. Él se bajó de la camioneta de Adam y caminó hacia ella con pasos igualmente vacilantes.

–Te estaba esperando porque Adam me ha llamado para decirme que vendrías.

–Perdóname –susurró él.

–He tenido tanta culpa como tú.

–No. Yo sabía lo importante que era para ti causar buena impresión a los invitados. Y ¿qué he hecho? Obligarte a ponerte un vestido con el que no estabas a gusto. Lo siento. Y también siento lo que te dije. Y luego ese idiota te ha insultado. Debería haberte defendido.

–Y yo debería haber sido más comprensiva. Pero me sentía un poco abandonada y excluida mientras hablabas con Becky.

–Hay algo más. Lyle me acaba de llamar, tras tomarse varias tazas de café, para disculparse. Me ha dicho que estabas guapísima con el vestido azul, que estaba borracho y que me tenía envidia. Y que tengo suerte de que quieras estar conmigo. Y ha añadido que va a llamar a mi madre para decirle que ya es hora de que deje de hablar mal de ti. Y que también te llamará a ti para disculparse.

–Qué amable.

–He pensado que te gustaría saberlo. ¿Y qué hay de nosotros?

Ella lo atrajo hacia sí.

–Te quiero mucho. En la fiesta estaba asustada al imaginarme que todos pensarían lo peor de mí. Pero debo olvidar el pasado. ¿Y qué si tuve una infancia desgraciada? Ahora tengo éxito. Y tú eres más importante que el pasado. Te quiero demasiado para perderte.

–Me habías asustado –afirmó él echándose a reír–. Te quiero. Siempre te he querido.

–Yo te quiero más.

–Tenemos toda la vida para discutirlo.

–Te olvidas de algo.

–¿El qué?

–El anillo de compromiso. Quiero que me lo devuelvas.

Él lo sacó del bolsillo y se lo puso. Luego la besó, y ella se olvidó de todo salvo de lo mucho que lo quería y deseaba.

Y él también la quería.

Siempre la había querido.

Epílogo

Desde el salón donde se celebraba el banquete de bodas, en Austin, había hermosa vistas del lago. A la boda no había acudido mucha gente de Yella, pero a Maddie le daba igual, ya que estaban todos sus amigos de Austin.

–Un brindis por la novia –propuso Hester Coleman.

Cole agarró la mano de Maddie.

–Ya está mi madre…

–No importa –dijo ella–. Últimamente ha sido muy amable conmigo. Que diga lo que tenga que decir.

–Pero es tu día, no el de ella. Y quiero que se perfecto.

–La vida es complicada –dijo Maddie guiñando un ojo a la señorita Jennie, que la miraba.

–La gente comete errores –comenzó a decir Hester–. Yo lo he hecho. Hoy brindo por la felicidad de mi hijo, mi nieto y mi nuera. Les deseo alegría y una larga vida.

–No ha estado mal –masculló Cole atrayendo a la novia hacia sí–. Tal vez haya decidido pasar página.

–Tal vez. Pero lo único que importa es que nos tenemos el uno al otro.

Noah se acercó a Hester. El rostro de esta se iluminó mientras se agachaba para hablar con él. Maddie pensó en su madre, a la que no había invitado y a la que nunca perdonaría. Al menos con Hester había la esperanza de mejorar la relación en el futuro.

Cole la besó. Y los invitados aplaudieron, Hester incluida.

Noah corrió hacia ellos. Cole lo tomó en brazos.

–¿Ya estamos casados? –preguntó alegremente–. ¿Ya eres mi padre de verdad?

–Sí –dijo Cole abrazando a Maddie con el otro brazo–. De verdad y para siempre.